Spätaufbruch

Daniela Recht

Bibliografische Information der Deutschen
Nationalbibliothek: Die Deutsche Nationalbibliothek
verzeichnet diese Publikation in der Deutschen
Nationalbibliographie; detaillierte bibliografische
Daten sind im Internet über dnb.dnb.de abrufbar.

Lektorat: Mirjam Koller / www.fantastisch-schreiben.de
Coverdesign: Thais Michelão Martins
Buchsatz: Anelise Maske

Verlag: BoD · Books on Demand GmbH, In de Tarpen 42,
22848 Norderstedt
Druck: Libri Plureos GmbH, Friedensallee 273, 22763
Hamburg

ISBN 978-3-7693-0088-8

Über die Autorin

Daniela Recht kommt aus München und »Spätaufbruch« ist ihr erster veröffentlichter Roman. (Andere liegen noch in der Schublade!)

Ihre erste Kurzgeschichte veröffentlichte sie auf der Webseite des Schreiblust-Verlags, worauf sie mehr Lust auf das literarische Schreiben bekam und erste Texte während des Onlinestudiums an der Akademie Modernes Schreiben verfasste.

Daniela liebt romanische Sprachen und verbrachte in den letzten Jahrzehnten viel Zeit damit, Italienisch, Spanisch und Französisch zu lernen. Trotzdem verschlug es sie mit Ende zwanzig statt in den Süden nach Irland. Statt ein paar Wochen Sprachurlaub sind daraus fünf Jahre geworden. Heute lebt sie in Südengland. In ihren Geschichten geht es nie um rein deutsche Handlungsorte und der Einfluss von anderen Kulturen und Sprachen ist charakteristisch. »Spätaufbruch« spielt hauptsächlich in England, in der fiktiven Stadt Wrightfield.

Für meine liebe Schwester Claudi.
Alles Gute zum 50.
Bisou,
Ela

1

München, 7. Oktober 2022

Nicht einmal die Aussicht auf die Schnupperstunde hebt meine Laune. Normalerweise *das* Highlight nach getaner Arbeit.

Wie gewöhnlich fährt um diese Zeit kaum ein Auto auf der Straße und normalerweise genieße ich diese Stille. Doch heute macht sie mich hibbelig und ich trommele mit den Fingern meiner rechten Hand auf das Lenkrad.

Mach schon, werd endlich Grün. Ich greife nach dem Softeis, das ich mir vom Mc Drive geholt habe, und schlecke trotzig wie ein Kind daran. Das kann er mir nicht vermiesen. Als die Ampel umschaltet, stelle ich es hastig wieder in den Getränkehalter. Säße mein neuer Chef in diesem Augenblick neben mir, würde ich ihm das Eis mitsamt der Schokosoße ins Gesicht schmieren. Dabei bin ich sonst ein wirklich friedliebender Mensch.

Ganz nebenbei hat er mir heute das Aus meiner Sendung mitgeteilt! Einfach so. Jahrelang habe ich mir für diesen Sender die Nächte um die Ohren geschlagen, bin tagein, tagaus, oft auch samstags und sonntags vor Mitternacht dort eingetrudelt und habe meistens pünktlich um zwölf Uhr den Aufnahmeknopf gedrückt. Das ist der Dank dafür.

Am liebsten würde ich schreien, so wütend bin ich. Stattdessen schalte ich mechanisch das Radio an. Was könnte ich auch sonst in diesem Moment machen, mitten in der Nacht, fast mutterseelenallein auf der Straße.

»Liebe Nachteulen«, höre ich die bekannte Stimme, »wie immer begrüße ich euch ganz herzlich zu unserer Schnupperstunde der Philosophie! Ich bin Lukas und das ist mein Kollege Alex ...«

»Moin da draußen.«

»Wir beide sind Moderatoren vom NDR und wollen heute ein bisschen über das Alter quatschen ...«

Auch das noch! Jetzt erinnern mich die beiden Männer auch noch daran, dass ich nicht nur mein Leben vergeigt habe, sondern auch steinalt bin. Die haben doch gar keine Ahnung. Als ob dieser Tag nicht schon schlimm genug wäre! In zwei Monaten werde ich fünfzig, ich könnte heulen! Mit ein bisschen Glück bekomme ich vielleicht noch eine Radiosendung um zwei Uhr morgens ab und unterhalte mich dann mit meinen Gästinnen, wie wir heute in der Medienbranche zu sagen pflegen, über die Menopause. Statt Primetime: Ich und die Ü-50. Rosige Aussichten!

»Ein Kumpel von mir würde gern nach einer echt harten Zeit einen kompletten Neuanfang wagen. In Australien. Jetzt ist es aber seit ein paar Jahren etwas komplizierter, eine unbefristete Aufenthaltserlaubnis zu bekommen, wenn man älter als fünfundvierzig ist. Er ist achtundvierzig. Er hat mir erzählt, es gebe zwar immer noch Optionen für ihn auszuwandern. Lange Rede, kurzer Sinn: In seinem Alter ist es viel schwieriger als mit zwanzig oder dreißig, und mittlerweile bereut er, dass er das nicht früher gemacht hat. Das Gespräch hat mich nachdenklich gestimmt. Denn es stimmt schon. Mit dreißig kann man locker einen ganz neuen Weg ein-schlagen. Anfang vierzig geht's auch noch. Aber ab Mitte vierzig, Anfang fünfzig ist das hart. Dein Leben ist dann mehr oder wenig das, was du bis dahin daraus gemacht hast. Ein gewaltiger Gedanke, oder, Alex?«

Idiot. Halt einfach den Schnabel.

»Das ist wahr. Wir beide sind immerhin über fünfzig.«

Aber mit 'ner Sendung!

SPÄTAUFBRUCH

»Ich habe Glück. Ich mag mein Leben, so wie es ist. Doch ich stelle mir vor, dass nicht jeder das behaupten kann. Viele stecken in einem langweiligen Job oder einer lieblosen Partnerschaft fest und versuchen, ihrem Leben eine Wende zu geben. Aber nochmal, irgendwann ist es zu spät dafür. Irgendwann musst du das Leben leben, das du hast und es gibt kein Zurück.«

Wumms. Das sitzt. Lukas spricht genau das aus, was mir immer bewusst war. Aber es so deutlich zu hören, schmerzt. Mir bleiben nur wenige Wochen bis zu meinem Geburtstag. Wenn ich nicht als unglückliche Schachtel enden will, muss ich jetzt etwas ändern.

Genug von diesem Gespräch. Ich schalte das Radio ab und blicke konzentriert auf die Straße. Meine Gedanken kreisen umher. Ich fahre die Auffahrt hinauf, sehe das Licht im Wohnzimmer brennen, das Torsten wahrscheinlich wieder einmal vergessen hat auszumachen, und parke das Auto. Ich steige aus und mit hängendem Kopf bewege ich mich zur Tür. Normalerweise suche ich bei ihm Trost, wenn es mir nicht gut geht. Aber was soll ich ihm erzählen? Dass ich mich alt und nutzlos fühle? Dass ich nichts aus meinem Leben gemacht habe?

Torsten würde mich in den Arm nehmen, mir versichern, dass alles gut gehen würde, und scherzhaft sagen, dass ich von nun an nur seine Muse zu sein und mir keine Sorgen zu machen bräuchte. Ich sperre die Tür auf und tapse hinein. Ich seufze erleichtert auf, als ich feststelle, dass er bereits schläft.

2

München - Berlin, 9. Oktober 2022

Mit Brummschädel sitze ich im Zug und schaue aus dem Fenster. Der Münchner Hauptbahnhof ist nicht gerade ein Lichtblick. Der Himmel ist trüb, leichter Regen fällt. Eine Mutter winkt ihren Teenage-Kindern zu, die gerade eingestiegen sind. Ich trage eine Sonnenbrille, die den Rest meines Gesichts nur noch erahnen lässt, und weiß, wie albern das im Oktober aussieht. Es ist mir egal, alles ist mir egal.

Wenn Susi mich nicht fünfmal angerufen und darauf bestanden hätte, dass ich zu ihrer Geburtstagsfeier komme, läge ich noch im Bett. Aber es ist ihr Fünfzigster. Sie hat sogar damit gedroht, bei meinem Ausbleiben die Party abzublasen.

»Ohne meine beste Freundin geht das nicht!«, hat sie ins Telefon gebrüllt. Es ist nicht so, dass in München viel auf mich wartet. Doch: Das Timing könnte nicht schlechter sein. Alle auf der Party mit Job, Mann, Frau und Kindern werden mich fragen: *Und, was machst du so?*

Ich mochte diese Frage noch nie, aber im Augenblick ist sie ein klarer Beweis für mein klägliches Scheitern im Leben. Offiziell habe ich noch eine Woche lang eine Arbeit, aber ich gehe nicht mehr dorthin. Wie ferngesteuert habe ich meine paar Habseligkeiten im Studio eingepackt und mich klammheimlich aus dem Staub gemacht. Ciao. Adios. Ohne Abschiedsfeier.

Ein Mann im Anzug, Ende fünfzig, kommt mit einem Aktenkoffer ins Abteil. Alle fünf Plätze sind frei, er setzt sich gegenüber von mir. Gut, dass er meinen Gesichtsausdruck nicht sieht. Er nickt mir zu, zieht seinen Mantel und Hut aus und legt beides mitsamt Koffer neben sich. Dann ertönt ein Warnsignal, es rumpelt. Die Türen schließen sich und der Zug setzt sich in Bewegung. Zuerst langsam, dann nimmt er an Geschwindigkeit zu.

Ich sitze im Zug nie lange still. Quetsche mich meistens im engen Flur an anderen Passagieren vorbei, um im Speisewagen eine Kleinigkeit zu essen und mit anderen Reisenden zu quatschen. Doch heute lässt mich meine Frohnatur im Stich und ich hänge meinen Gedanken nach, die mir nur trübe Bilder bescheren. Die Zahl fünfzig dabei im Kopf. Was kann ich in wenigen Wochen ändern?

»I am sorry to bother you. Do you speak English?« Mein Gegenüber schaut mich hilfesuchend an. Ich nicke. »Could you help me with this email, please? Meine Deutsch is schrecklich.« Er lacht nervös. Er zeigt mir einen Text auf seinem Laptop und bittet mich, ihn ins Englische zu übersetzen. In ein paar Worten erkläre ich ihm den Inhalt und seine Augen leuchten auf. Er bedankt sich bei mir.

»My company is working with German clients you know but ich verstehe keine Wort.« Er lacht wieder. Dieses Mal ist es ein erleichtertes Lachen. Ich frage ihn, woher er kommt.

»Wrightfield. It's a small town near London.«

»I lived there for a year!« Meine Stimme überschlägt sich und ich erzähle ihm von meinem Erasmusjahr.

»Deine Englisch is wunderbar.« Er sagt tatsächlich das deutsche Wort wunderbar und ein Lächeln stiehlt sich auf meinem Mund.

Darren, wie er sich mir vorstellt, lädt mich als Dank für meine Übersetzungshilfe in den Speisewagen ein. Er bestellt einen schwarzen Kaffee und spendiert mir ein kontinentales Frühstück, Milchkaffee und Croissant.

Mampfend lausche ich seinem Akzent. Wie gerne ich diese Sprache höre und mich auf Englisch unterhalte. Ich habe das ganz vergessen. Meine Kopfschmerzen verfliegen.

Der Engländer erzählt lustige Anekdoten von seinen Reisen quer durch Deutschland und wie er sich meistens aufgrund von Sprachmissverständnissen blamiert. Mir gefällt seine Selbstironie und ich denke an meine Zeit in Wrightfield zurück. Wie freundlich diese Begegnungen waren. Wie glücklich ich damals dort war.

Kurz vor Leipzig - wir sind wieder im Zugabteil - steht er auf, drückt mir ganz Old School seine Visitenkarte in die Hand, falls ich mich doch einmal in der Nähe von London aufhalten sollte. Wir schütteln uns die Hand und er zückt seinen Hut, bevor er aus dem Zug steigt. »Hat mich sehr gefreut, Maike.« Er winkt mir zu und macht kehrt.

Zurück bleibe ich mit meinen Gedanken. Wie lange ist meine Reise nach England her? Ich blicke aus dem Fenster, sehe Kelly vor mir mit ihren roten Locken, den kleinen Patrick mit der Zahnlücke, den pummeligen Ross, der immer eine Zigarette in der Hand hielt und Paul - meinen Paul. Es war Herbst so wie jetzt. Was er wohl heute macht? Wieso habe ich nicht mehr an ihn gedacht?

3

Wrightfield, 15. Oktober 1992

Kelly und ich hasten durch den Korridor der Universität. Kellys Absätze klacken laut. Der Flur zieht sich und wir laufen an einem Raum nach dem anderen vorbei. Dann bleibt sie abrupt stehen und deutet mit einem Handzeichen, dass wir in diese Tür rein müssen. Alle sitzen bereits und starren uns an. Kelly setzt sich und ich nehme neben meiner neuen Freundin Platz. Mr Lewis begrüßt uns und kommentiert prompt unser Zuspätkommen. Ob wir, wo wir herkämen, machen könnten, was wir wollten. Zum Glück geht er nicht weiter darauf ein.

Er sieht aus wie Mr Bean. Ich flüstere Kelly das zu und sie kichert. Der Dozent blickt mich an. Ich sollte jetzt lieber die Klappe halten, ermahne ich mich selbst. Doch ich bin so aufgeregt. Mein erstes Seminar in England! Stolz nehme ich den Stift zur Hand und notiere mir alles, was auf dem Diaprojektor steht. Es geht um irgendwelche neuen Forschungsansätze in der Theaterwissenschaft. Nie davon gehört. Mein Blick schweift durch den Raum. Der Hörsaal ist kleiner als in Berlin und moderner. Auch gehen die Plätze nicht stufenartig nach oben, sondern sind auf demselben Level angeordnet. Ich schreibe immer wieder ein paar Wörter, schaue auf und beobachte die anderen mit einem Dauergrinsen auf meinem Gesicht.

Die fünfundvierzig Minuten vergehen wie im Fluge. Mr Lewis schaltet den Projektor aus und weist uns am Ende darauf hin, dass wir die Theatergruppe besuchen sollten. »Das ist eine ausgezeichnete Gelegenheit für euch, Praxis zum doch sehr theoretischen Studiengang zu erhalten.« Er schaut in die Runde und fügt hinzu: »Und es macht Spaß.«

Kelly verzieht das Gesicht. Ich hingegen kritzele die Zahlen drei vier fünf auf mein Blatt. In diesem Raum trifft sich die Theatergruppe heute Nachmittag. Nach meinem Stundenplan habe ich Englisch als Nächstes - eine Veranstaltung nur für Erasmus-Studierende.

»Den sollte ich auch besuchen«, witzelt Kelly und versucht, den englischen Akzent von Mr Lewis zu imitieren. Ihr Australisch kommt durch. Wir lachen. Sie klingt einfach zu komisch. Dann gibt sie mir ein Küsschen auf die Wange und stakst davon. Ihre kurzen roten Locken hüpfen dabei hin und her, während der lange grüne Mantel sanft in der Bewegung mitschwingt.

Ich verlasse das Universitätsgebäude und überquere die Straße. Die Sprachenschule liegt gegenüber. Victorian English Institute steht vorne in goldenen, fetten Buchstaben auf dem Schild. Dort findet der Unterricht statt. Ich öffne die massive Tür und erblicke einen großen schlanken Typen an der Rezeption. Gerade als ich mich in dem beeindruckenden viktorianischen Gebäude umsehe, höre ich seine Stimme. Sie ist auffallend freundlich und weich und ich mag seinen Londoner Akzent.

»Ich bin Paul. Woher kommst du?«, fragt er.

»Aus Berlin.«

»Ein Berliner Mädchen, so, so«, sagt Paul und lächelt.

»Wunderbar.« Er spricht das Wort auf Deutsch aus. Wie er es sagt, klingt es niedlich.

Die wenigen Sommersprossen auf seinem schmalen Gesicht gefallen mir. Er führt mich zu den anderen in einen Raum mit zwei großen Fenstern und einer hohen Decke, die mit kunstvollen Stuckverzierungen geschmückt ist. Alle starren mich von ihren Holztischen und Stühlen aus an. Wieder einmal bin ich die Letzte. Ich hebe meine Hand zur Begrüßung und setze mich flink auf den einzigen freien Platz neben der Tür. Paul zwinkert mir zu, bevor er das Zimmer verlässt. Ich mag ihn sofort. Mit Susi habe ich mich oft darüber unterhalten, dass es nur Sekunden braucht, um zu entscheiden, ob man jemanden mag oder nicht. Die Englischlehrerin mag ich nicht. Nachdem sie fragt, wer ich bin und woher ich komme, sagt sie trocken: »Ich dachte, dass alle Deutschen pünktlich seien.« Die anderen lachen.

»Gut, dass ich hier bin, um ein paar Klischees aus dem Weg zu räumen.« Erneut wird gelacht. Ich ziehe meine Mundwinkel nach oben und gebe mein bestes Lächeln. Durch die Hornbrille sieht sie mich mit einem prüfenden Blick an und sagt: »Keck bist du - das muss man dir lassen.«

Sie fordert uns auf, unsere Bücher hervorzuholen, und wir beginnen mit der ersten Lektion. Zu ihrem Bedauern weiß ich jede Antwort, wenn sie mich fragt, und gebe ihr auch keinen weiteren Grund, mich vor den anderen bloßzustellen. Aber wie meine Mutter mir immer eingebläut hat: Der erste Eindruck zählt. Mrs Taylor scheint davon überzeugt zu sein, dass ich ihrer nicht würdig bin. Wahrscheinlich hat sie mich jetzt das ganze Semester über auf dem Kieker. Na, toll.

Nach dem Unterricht steht Paul mit vier Typen, die lustigerweise alle Adidas-Shirts tragen, in der Ecke. Er muss etwas Komisches erzählt haben, denn sie lachen sich schlapp. Als er mich entdeckt, grinst er mich an. Ich grinse zurück. Er entschuldigt sich bei den anderen und schlendert in meine Richtung. Die eine Hand in der Tasche kommt er lässig auf mich zu, fährt sich mit der anderen durch sein braunes Haar. Mir wird ganz warm auf einmal.

»Heute Abend gibt es ein Kennenlern-Treffen für die Erasmus-Leute. Du kommst, oder?«

4

Berlin, 9. Oktober 2022

Laute Musik dröhnt aus dem Haus. Susi und ich fallen uns am Hauseingang in die Arme. Als sie mich drückt, bleibt mir fast die Luft weg. Ich schmiege mich an sie und rieche ihr Parfüm, Vanille, das ist neu. Ihre Haare duften nach einem Blumenfeld im Sommer. Sie trägt ein rotes Kleid und mehr Make-up als sonst. Sie sieht hübsch und gar nicht wie fünfzig aus. Ihr Mann Christian winkt uns vom Flur aus zu und beißt in ein Häppchen. Susi hält mich an der Hand und führt mich wie ein Kleinkind zu den anderen Gästen. Die meisten kenne ich aus unserer Schulzeit. Thomas habe ich schon seit zehn Jahren nicht mehr gesehen und Sabine das letzte Mal bei der Abifeier. Mann, ist das lange her.

Susi entschuldigt sich bei mir und verschwindet. Am Büffet nehme ich mir ein Lachsröllchen und trete dabei beinahe auf einen Luftballon. Christian hat fünfzig Luftballons aufgeblasen und Susi hat sie alle, wie sie mir während meiner Zugfahrt auf WhatsApp schrieb, ge-zählt.

Sabine entdeckt mich und eilt zu mir. Wir machen ein bisschen Smalltalk. Schneller als erwartet kommt die von mir gefürchtete Frage: »Was machst du so?« Panik überkommt mich. »Susi braucht bestimmt Hilfe mit der Pizza.« Ich verschwinde. Sabine schaut mir noch kurz nach, dann stellt sie sich neben Matthias, der ahnungslos in seinen Burger beißt. Sie hat immer noch diesen neugierigen Blick wie früher, als würde sie auf die neuesten Klatschgeschichten warten.

Auf dem Weg zur Küche treffe ich Schlauberger Holger. Er klopft mir auf die Schulter. »Na, wie ist

München? Bestimmt vermisst du Berlin.«

»Bayern ist eigentlich gar nicht so schlecht.« Ich lächle gezwungen und zeige auf Susi. »Ich muss dem Geburtstagskind bisschen zur Hand gehen.«

Die nächsten zwei Stunden spielen sich mehr oder weniger nach diesem Schema ab. Dieselben Fragen immer wieder: Bist du verheiratet? Hast du Kinder? Was arbeitest du? Du hast doch in der Theater-AG gespielt. Hast du wirklich die Schauspielschule absolviert? Ich habe das von jemandem gehört.

Irgendwann flüchte ich mit einer Flasche Bier in den zweiten Stock. Einen Moment überlege ich, mich in einem der leeren Kinderzimmer zu verstecken. Susis Töchter haben sicherlich nichts dagegen, sie kraxeln gerade mit Freunden und deren Eltern in der Kinder-Kletterhalle. Dann entdecke ich die kleine Leiter unter dem Dachboden und steige hinauf. Bei meinen Besuchen schlafe ich immer hier. Wann war das letzte Mal? Ich erinnere mich nicht. Was habe ich überhaupt die letzten Jahre getrieben?

Ich stelle die Flasche ab und lasse mich auf den Boden plumpsen, lege mich auf den Bauch und breite wie ein Engel meine Arme aus. Der Holzdielenboden riecht leicht modrig. Die Feuchtigkeit dringt in jede Pore. Dennoch liebe ich diesen Teil des Hauses, die Stille hier oben. Keine Leute, keine Musik. Dann bemerke ich die Kiste unter dem Bett in der Ecke mit dem fetten M drauf. Meine Kiste. Susi bewahrt sie seit meinem Umzug nach München auf. Auch das habe ich vergessen. Neugierig ziehe ich sie unter dem Bett hervor und klappe die zwei Deckel auf: Da ist es. Mein Buch. DAS Buch. Mein Leben, als es noch ein Leben war. Ich nehme es heraus und setze mich auf die kleine hellbraune Couch, hülle meine Beine und Füße in die Wolldecke, die etwas muffig und nach

Staub riecht, aber das ist mir egal.

Wie der Junge von der Unendlichen Geschichte stöbere ich in meinen alten Tagebucheinträgen, während der Regen ans kleine Fenster prasselt.

5

Wrightfield, 15. Oktober 1992

Dieser Tag fühlt sich wie fünf Tage an. Früh raus, in die Uni, den ganzen Tag ein Gehetze auf den weiten Gängen, danach Theatergruppe - was für ein Haufen ulkiger Leute - und nun spaziere ich zu meinem nächsten Ziel: meine erste Party in England!

Im Gegensatz zu London, das nur eine Stunde von hier liegt und wo ich in den nächsten Tagen unbedingt hin will, ist Wrightfield eine kleine Stadt. Mein Orientierungspunkt ist das Meer. Wenn ich nicht mehr weiterweiß, laufe ich immer am Wasser entlang. So komme ich überallhin. Die Unterkunft im Studentenwohnheim organisierte die Universität vor meiner Reise, die Seminare geben mir eine gewisse Struktur und Kelly mit ihrer lauten Art ist mir gleich bei meiner Ankunft über den Weg gelaufen und ans Herz gewachsen. Was soll ich sagen? Ich vermisse Berlin nicht.

Das Leben erscheint mir wunderbar und leicht und genau so fühle ich mich, als ich erneut summend zur Sprachenschule schlendere, um die anderen Erasmus-Leute zu treffen.

In erster Linie freue ich mich, Paul wieder zu begegnen. Ich trage meine zerrissene Jeans und ein weites rotes T-Shirt mit dem Bild meiner Lieblingsband Alice in Chains, darüber Papas alte Lederjacke, die er mir schweren Herzens vor meiner Reise schenkte.

»Steht dir sowieso viel besser als mir, meine Kleene«, meinte er zu mir. Als ich dieses Outfit zum ersten Mal auf Susis Geburtstagsfeier trug, war sie der Meinung, dass sie wie ein Kartoffelsack darin aussehen, mir aber dieser Look perfekt stehen würde.

Ich fühle mich gut darin und das ist das Wichtigste für mich. Ich mache mir nie sonderlich viele Gedanken über Äußerlichkeiten, ich finde, man sieht am besten aus, wenn man seinem Stil treu bleibt. Was auch immer mein Stil ist.

Der Wind bläst mir um die Nase und das gefällt mir. Bisher habe ich dieses typische englische Wetter noch nicht erlebt, vor dem mich alle gewarnt haben. Aber auch wenn es auf einmal stürmen und in Strömen regnen würde, es wäre mir egal.

Voller Vorfreude auf diesen Abend komme ich bei der Sprachenschule an. An der Rezeption haben sich die anderen bereits versammelt. Bin ich wirklich schon wieder die Letzte?

Paul ist nirgends zu sehen. Hoffentlich ist das kein schlechtes Zeichen. Ich beiße mir auf die Lippe und sehe mich um. Dann entdecke ich ihn. Ganz hinten, abseits von den anderen, steht er in einer Ecke. Er unterhält sich mit einem wunderschönen dunkelhäutigen Mädchen mit langen schwarzen Locken. Sie trägt einen kurzen Rock und hat absolute Traumbeine. Seine Hand liegt auf ihrer Schulter. Ich wende meinen Blick rasch ab. Es gibt mir einen Stich, die beiden so zu sehen, und ich stelle mich zu der Gruppe, die neben mir steht. Ich greife nach der Flasche Bier, die mit anderen Getränken auf dem hohen Tisch drapiert steht, und öffne sie ganz schnell mit meinen Zähnen. Ich nehme einen großen Schluck daraus.

Wie dumm von mir; natürlich hat Paul eine Freundin.

Ein Typ neben mir fängt ein Gespräch mit mir an. Er ist aus Brasilien. Als ich ihm erzähle, dass ich aus Berlin bin, stellt er mir viele Fragen. Er scheint mehr an deutscher Geschichte interessiert zu sein als an mir. Jetzt erst fallen mir all die internationalen Fahnen an der Wand auf. Die deutsche und englische hängen

14

nebeneinander. Irgendwie nervt mich auf einmal alles. Der wissbegierige Brasilianer, die Smiths aus den Lautsprechern. Mit einem gezwungenen Lächeln entschuldige ich mich und gehe auf die Toilette. Als ich wiederkomme, ist Paul verschwunden. Und das Mädchen auch.

Ich hole eine Zigarette aus meiner Jeanstasche und gehe nach draußen. Sophie, eine Französin, raucht mit mir. Sie ist aus Paris, aber London gefalle ihr viel besser, meint sie, und bläst Rauch in die Luft.

»Dein Englisch klingt super. Ich mag deinen Akzent«, sage ich zu ihr.

»Den Engländern gefällt er auch.« Sie lacht und tritt mit ihrem Fuß den Zigarettenstummel aus. »Solltest du auch probieren«, sagt sie und zwinkert mir zu, bevor sie wieder hineingeht. Ich sehe ihr hinterher. Sie ist so, wie ich mir Französinnen immer vorgestellt habe. Ich wäre auch gerne ein bisschen so. In Berlin geht das nicht. Dort bin ich die lustige, tollpatschige Maike. Vielleicht komme ich mit einem neuen Ich nach Hause. Ein bisschen cooler. Ein bisschen sexier. Dieser Gedanke gefällt mir. Ich werfe die Zigarette auf den Boden und gehe wieder durch die Eingangstür.

Drinnen hole ich mir erneut ein Bier und nippe daran. Das Stimmengewirr wird lauter, die Leute ausgelassener. Ein paar tanzen. Sophie unterhält sich mit dem Brasilianer. Mit was er sie wohl löchert? Sophie scheint eine Frau zu sein, die es mit jedem aufnehmen kann. Ich denke über meine Freunde in Berlin nach, denke an Susi. Sie hätte ich gerne hier. Wir hätten eine Menge Spaß zusammen.

»Keine Lust auf Tanzen?«, sagt eine Stimme plötzlich hinter mir. Mein Herz macht einen Sprung. Es ist Paul. Da sind sie wieder, seine niedlichen Sommersprossen. Wo seine Freundin wohl ist?

»Nicht meine Musik«, sage ich cool und trinke aus der Flasche.

»Was hören denn Berliner Mädchen?« Sein herb-würzig nach Zitrusnote riechendes Duschgel macht mich ganz irre.

»Grunge natürlich!« Ich öffne meine Jacke und deute auf das Bandlogo.

»Warum mich das nicht überrascht!« Paul lacht. Dann nimmt er mich an die Hand. »Ich bringe dich zu einem coolen Schuppen. Die spielen mehr dein Zeugs. Wird dir gefallen. Es ist nicht London, aber nicht schlecht!« Er zieht mich aus dem Gebäude. Sophie sieht uns hinterher und dann sind wir schon draußen. Wir bewegen uns in die Richtung, aus der ich gekommen bin. Paul hält noch meine Hand. Sie fühlt sich schön warm und weich an.

Gut gelaunt erzählt er mir von dem Stipendium in New York, das er bekommen hat. Seine Mitbewohnerin sei deswegen extra in die Sprachenschule gekommen, um ihm die formelle Bestätigung von der Uni zu geben. Mir fällt ein Stein vom Herzen. Die Schöne von vorhin ist nicht seine Freundin!

Auf einmal bleibt er stehen und hebt mich hoch und schreit: »New York, ich komme!« Dann lässt er mich wieder runter. Dieses Mal nimmt er nicht meine Hand. Ich würde gerne, aber natürlich mache ich das nicht. Stattdessen frage ich nach seinem Studiengang.

»Jura natürlich.« Er grinst mich an und ich sehe ihn vor mir im Anzug, wie er sämtliche Prozesse gewinnt.

»Ganz sicher wirst du berühmt und reich.«

»Es ist mehr als das. Es geht nicht nur ums Geld, weißt du. Aber nicht heute. Heute feiern wir.«

Er nimmt mich wieder bei der Hand und zieht mich zu der Tür eines Nachtklubs. Der Türsteher winkt uns desinteressiert rein. Die Beleuchtung im Raum ist schwach, gedämpft. Ich stolpere über etwas Hartes auf dem Boden und habe keine Ahnung, was das ist. Paul geht vor zur Bar, ruft mir von dort etwas zu, aber ich zucke nur mit den Schultern. Er macht das Trinkzeichen und zeigt auf den Tresen. Mein Versuch, ihm zu erklären, dass es mir egal ist, was ich trinke, scheitert. Paul geht und kommt mit zwei Flaschen zurück.

»Ich hoffe, du trinkst Bier.«

»Natürlich.«

Jeder Versuch eines Gesprächs ist aussichtslos. Paul bewegt sich zur Musik. Sie spielen Nirvana.

»Ein Anwalt, der Grunge mag. Das passt überhaupt nicht«, schreie ich ihm ins Ohr.

»Die Welt ist nicht bloß schwarz und weiß.« Er reicht mir seine Flasche und springt mit einem Satz auf die Tanzfläche, hüpft wie ein Wahnsinniger hin und her. Sie spielen Aneurysm. Leute werfen ihre Haare nach vorne und hüpfen herum. Paul schüttelt ebenfalls seine kurzen Haare und beugt sich nach vorne. Ich stelle die halb vollen Flaschen ab, meine Jacke lege ich daneben. Ich laufe zu ihm und wir springen wie Kinder herum. Schweißflecken scheinen durch sein weißes Hemd. Als ich stolpere, ist er sofort da und hilft mir auf. Ich lache und zeige mit dem Daumen nach oben. Mehr Menschen tanzen neben uns. Er kommt näher zu mir und wirft seinen Körper in meine Richtung nach vorne. Ich werfe meine langen Haare wild herum und singe mit. Der Klub fühlt sich wie eine Sauna an, er ist mittlerweile proppenvoll.

Irgendwie schafft es Paul, einen breiten schwarzen Ledersessel an einem kleinen Holztisch zu ergattern, der bald auseinanderzufallen droht. Ich schnappe mir unsere Bierflaschen von vorhin und folge ihm. Paul sitzt bereits und macht mir einen Platz frei. Meine Jacke hat er mitgenommen und legt sie neben sich. Auf dem Tisch stehen zwei Getränke mit Strohhalm und Eiswürfel.

»Was ist das?« Ich nehme neben ihm Platz und stelle die Flaschen ab.

»G&T. Das Beste, wenn man wie ein Schwein schwitzt!« Zuerst nehme ich einen Schluck von dem Gin und Tonic, dann vom Bier. »Trinken wir einfach beides.« Wir lachen. Paul nimmt eine meiner Haarsträhnen in die Hand und schiebt sie mir hinters Ohr.

»Du bist ein cooles Mädchen.«

Es ist so schön mit ihm und die Art, wie er mich ansieht. Ich könnte stundenlang so mit ihm sitzen.

6

Berlin, 9. Oktober 2022

An jenem ersten Abend mit Paul fühlte ich mich erwachsen. Ich hatte ein neues Kapitel in Sachen Männer aufgeschlagen. Paul war anders als die Jungs in Berlin. Er war locker, selbstsicher und wusste im Gegensatz zu mir genau, was er wollte.

Wenn ich jetzt darüber nachdenke, was Paul damals an mir mochte, habe ich bis heute keine plausible Antwort gefunden. Er ist dieser gutaussehende Typ: groß, schlank, gut gekleidet, der Wahnsinn. Einer, der auf jeden Fall eine tolle Karriere vor sich hat. Ein junger Robert Redford. Dem die Welt und Frauen zu Füßen liegen. Es hätte mich nicht gewundert, wenn er einen Ferrari gefahren und ein Model als Freundin an seiner Seite gehabt hätte: ebenfalls schön und groß, eine, die in jeder Situation immer das Richtige tut.

Ich war jung. Ich sehnte mich nach Zugehörigkeit und nach Nähe. Für mich war von Anfang klar: Ich mochte Paul.

Er hingegen befand sich in einer anderen Phase in seinem Leben. Während ich bereits im Ausland war und mein Abenteuer erlebte, stand ihm seins in New York noch bevor. Der Job in der Sprachenschule war für ihn nur eine Übergangslösung und die Vorfreude auf Amerika beeinflusste unsere gemeinsame Zeit. Natürlich freute ich mich für ihn und die Chance, die ihm bevorstand. Ich merkte aber auch, dass Paul oft schon gedanklich in den Staaten war.

Als ich ihn damals, kurz nach unserem Kennenlernen, fragte, warum er sich für mich interessierte, sagte er etwas sehr Verblüffendes: »Ich mag, dass du anderen nicht gefallen willst.«

Damals fasste ich seinen Kommentar nicht wirklich als Kompliment auf.

Erneut frage ich mich: Was Paul heute wohl macht?

»Hier steckst du. Ich habe dich schon überall gesucht!« Susi reißt mich aus meiner Welt, schaut besorgt drein. »Alles in Ordnung?«

Ich sehe sie mit großen Augen an. Dann zeige ich ihr das Buch und auf einmal überkommt mich alles. Wahrscheinlich der Mangel an Schlaf, zu viel Alkohol am vorherigen Tag, die Sache mit der Kündigung und die nostalgischen Erinnerungen an England. Ich will jetzt nicht heulen. Es ist nicht der richtige Moment. Es ist Susis großer Tag, nicht meiner. Trotz meiner Bemühungen kann ich die Tränen nicht zurückhalten und weine hemmungslos.

Meine Freundin, die auf der Spitze der Leiter steht, eilt zu mir und drückt mich fest an sich.

»Ach, meine Süße. Das wird wieder.« Wie eine Mutter ihr Kind küsst sie mich auf den Kopf, immer noch fest in den Armen haltend.

»Mein Leben ist ein einziges Elend«, sage ich und schluchze. »Ich muss dringend was ändern.«

7

10. Oktober 2022

Hey Berliner Mädchen,
mich hat es fast aus den Socken gehauen, als
ich heute deine E-Mail in meinem Ordner
gefunden habe. Wie geht es dir??? Was
treibst du?
Wie hast du mich gefunden?
Lebst du noch in Berlin?
Sorry, so viele Fragen. Ich habe oft an dich
gedacht.
Geht es dir gut?
Das habe ich dich schon gefragt, ich
Dummkopf :) Paul xoxoxo

Mein Puls ist auf 180. Er hat mir tatsächlich geant-
wortet! Als ich gestern um zwei Uhr morgens hellwach
auf der Couch gelegen bin, habe ich mir ein Herz gefasst
und ihm geschrieben. Seine E-Mail-Adresse habe ich auf
der Webseite seiner Firma gefunden, nachdem ich ihn auf
LinkedIn gesucht hatte. Die Traurigkeit von gestern ist
wie weggeblasen. Ich liege mit dem Laptop auf dem Sofa
und tippe so schnell, dass sich meine Finger verheddern.

Hallo Paul,
du hast mir tatsächlich geschrieben! Ich freue
mich über ein Lebenszeichen von dir. Dich zu
finden, war nicht schwierig. Wusstest du, dass
es ziemlich viele Fotos von dir im Internet
gibt? Deine grauen Haare stehen dir übrigens
:).

Es geht mir gut. Ich lebe schon seit einer

Weile in Süddeutschland. München ist zwar
sauberer als Berlin, aber mein Herz hängt an
meiner alten Heimatstadt. Wir Berliner sind
halt schon ein Schlag von Mensch, das kann
man nicht toppen lol.
Und du? Was treibt dich nach London?
Alles Liebe
Maike

Am liebsten würde ich Susi aus dem Bett zerren und
ihr davon erzählen. Es ist aber erst fünf Uhr morgens.
Nicht einmal ihre Kinder sind um diese Zeit wach.
Normalerweise schlafe ich um diese Uhrzeit auch wie ein
Stein. In letzter Zeit ist jedoch alles anders. Ich hole mein
Buch hervor und schwelge in Erinnerungen, die
Vergangenheit ist ganz nah.

Das Kleingedruckte auf dem Bierdeckel sticht mir
sofort ins Auge:

Gutschein für einen Kinofilm.
Noch in diesem Jahr einzulösen!

Sofort rieche ich den Alkohol, Schweiß und
frittiertes Fett im Pub. Paul und ich stehen vor der
Dartscheibe. Ich bin an der Reihe. Ich richte den Pfeil auf
die Mitte, werfe und treffe. Paul fährt sich theatralisch
mit beiden Händen über die Augen. Ich erinnere mich so
deutlich an jenen Tag im November 1992, als ob ich ihn
gestern erlebt hätte.

8

Wrightfield, 3. November 1992

Paul steht allein am Clock Tower, das Wahrzeichen und beliebter Treffpunkt in Wrightfield. Ich scherze, frage nach, ob heute keiner mehr Lust habe, mit uns etwas zu unternehmen. Es stellt sich heraus, dass wir tatsächlich alleine sind. Niemand kommt. Mein Herz macht einen Sprung.

Paul und ich schlendern in die nächstgelegene Kneipe. Es regnet und wir haben keine andere Idee, was wir machen könnten. Normalerweise treffen wir uns immer mit Ross, Kelly und Patrick. Frühmorgens, wenn wir alle gutgelaunt und betrunken nach Hause gehen, kommt Paul meistens mit zu mir, aber ein richtiges Date alleine hatten wir noch nie. Ich weiß nicht, was das ist, was wir haben. Wir kennen uns seit zwei Wochen, schlafen miteinander, sind aber kein Paar. Auf jeden Fall halten wir nicht Händchen, wenn wir nebeneinander gehen oder küssen uns vor den anderen oder frühstücken gemeinsam in einem Café wie andere Paare. Ich würde gerne, aber traue mich nicht. Sollte Paul nicht den Anfang machen? Ich weiß nicht, ob die anderen etwas bemerkt haben. Nur Kelly habe ich von uns erzählt und prompt antwortete sie, dass ich mir keine Hoffnungen machen sollte. Dass Typen wie Paul nie etwas Festes haben. Ich will das nicht hören.

Eine Barkeeperin sagte einmal zu mir - und sah dabei in Pauls Richtung, der mit den anderen herumalberte - dass wir ein schönes Paar abgeben würden. Ich lächelte sie an und hatte wieder dieses angenehm warme Gefühl im Bauch.

Er ist ruhiger als sonst. Spricht nicht so viel. Als ob er schüchtern wäre. Wir spielen Dart. Ich breite meine Arme weit aus, schon wieder gewinne ich.

Paul lacht kurz auf und sagt mit einem Augenzwinkern:»Ihr Deutschen seid immer die Besten.«Er geht zur Scheibe und zieht den Pfeil heraus. Dann küsst er mich auf den Mund. Ich sehe ihn perplex an. Das ist neu – ein Kuss in der Öffentlichkeit.

Er schlendert zum Tresen, setzt sich hin und winkt mich zu sich. Er mustert mich, als ich zu ihm an die Bar komme.

»Es macht Spaß mit dir. Du bist unkompliziert.«

»Kennst nur schwierige Mädchen, was?«

»Nein. Ja. Ja, schon irgendwie.«Er verdreht die Augen, lacht.»Ach, ich weiß auch nicht.«

Er erzählt mir von seiner Ex-Freundin aus London. »Ich mochte sie. Ich mag sie. Aber sie hatte immer so hohe Ansprüche, alles musste immer perfekt sein. Du bist anders.«

»Naja, ich bin auch nicht deine Freundin«, rutscht es mir heraus und ich könnte mir auf die Lippen beißen.»Ich mein, du gehst bald nach New York und …«

Er nickt.»Ja, stimmt. Ich werde studieren und gar keine Zeit haben für irgendwas. Und Freunde werde ich auch keine haben.«Er rollt theatralisch mit den Augen.

»Du Armer«, witzele ich und greife nach seiner Hand.

»Komm, lass uns noch eine Runde spielen, bevor du noch mehr trübe Gedanken bekommst. Dieses Mal mit Einsatz.«

»Du meinst mit Geld.«

»Wer verliert, lädt den anderen ins Kino ein. Batman Returns.«

»Den würdest du dir anschauen?« Paul geht mit mir zur Dartscheibe.

»Klar. Ich liebe Batman.«

Paul nimmt die Pfeile in die Hand, schaut konzentriert auf die Scheibe und trifft. Doch der Pfeil rutscht wieder ab und fällt auf den Boden. Er flucht. Dann der zweite Schuss. Der Pfeil bleibt stecken. Dafür bekommt er sechzehn Punkte, nicht viel, aber immerhin etwas. Der dritte Wurf ist der beste. Paul sammelt weitere zwanzig Punkte und wirkt weniger zerknirscht.

Dann bin ich an der Reihe. Der erste Versuch ist mittelmäßig, mit dem zweiten ernte ich schon zwanzig Punkte. Um zu gewinnen, brauche ich mehr. Ich konzentriere mich, nehme den Pfeil und fixiere die Mitte. Dann werfe ich und er landet im Bull's Eye. Paul läuft sofort zur Scheibe, kontrolliert, sagt, dass ich als Anfängerin nicht besser sein könne als er, immerhin spiele er schon seit Jahren. Dabei grinst er und wirft seine Arme dramatisch nach oben.

»Ich gebe auf. Du bekommst deine fünfzig Punkte.«

Johlend klopfe ich mir auf die Schenkel. Paul nimmt den Bierdeckel vom Tresen, kritzelt den improvisierten Kinogutschein darauf und reicht ihn mir mit einem Lächeln. Für mich zählt das eindeutig als offizielles Date.

9

Berlin, 14. Oktober 2022

Vicky hält meine linke Hand und Vanessa meine rechte. Beide plappern und singen ununterbrochen. Wir betreten das Café und werden vom Duft nach frisch Gebackenem eingehüllt. Wir bestellen Crêpes mit Vanilleeis.

»Bei Mama dürfen wir das nur am Geburtstag«, sagt die achtjährige Vanessa, die ältere der beiden.

»Dann sollten wir ihr das nicht auf die Nase binden.«

In den letzten Tagen habe ich viel Zeit mit den Kindern verbracht und ihre fröhliche Art färbt auf mich ab. Ich liebe Susis Kinder!

Als die Bedienung unsere Süßspeisen bringt, klatschen wir alle in die Hände. Vicky, die zwei Jahre jünger als Vanessa ist, mampft und schaut mich mit nutella-verschmiertem Gesicht an.

»Warum hast du keine Kinder?«

Ich sehe sie überrascht an, führe die Gabel zu meinem Mund und kaue langsam.

»Ich wollte Kinder, aber leider hat es nicht geklappt.«

»Warum nicht?« Vickys Augen sind groß und ihre Schwester schaut auf.

»Manche Frauen können keine Kinder haben.« Ich versuche, gleichgültig zu klingen.

»Warum nicht?«, hakt Vicky nach.

»Manche Babys sind ganz klein und schwach und sterben«, sage ich und räuspere mich. Wie komme ich aus der Nummer wieder raus?

»Das ist traurig.« Die Kleine hört auf zu essen, legt den Löffel auf den Tisch.

»Das ist wie bei den Tieren«, sagt Vanessa in einem erwachsenen Ton. »Manche Tiere sind nicht stark und

bleiben nicht am Leben. So ist das auch bei Menschen.«
Ich nicke ihr dankbar zu.

»Ach so.« Vicky zuckt mit den Schultern und widmet
sich der großen Eiskugel auf ihrem Teller. Mit vollem
Mund sagt sie:

»Du hast ja uns. Du kannst immer mit uns Eis essen
gehen oder wie heute Pfannkuchen.« Ich drücke ihre
Hand und schlucke den Kloß herunter, der in meinem
Hals festsitzt.

Abends liege ich lange wach und lasse die letzten Tage
Revue passieren. Wir waren auf dem Kinderspielplatz,
im Kino und haben im Garten getobt. An meine Sorgen
habe ich wenig gedacht. Lange Zeit habe ich mir
eingeredet, dass ich auch ohne Kinder glücklich sein
kann. Nach all den Jahren sollte es nicht mehr so wehtun.
Doch momentan spüre ich den Schmerz deutlich. Mein
Sohn wäre heute achtzehn Jahre alt.

Christian und Susi haben sich bewusst dafür
entschieden, spät Kinder zu bekommen. Zuerst Sicherheit, dann Kinder, waren sie sich einig. Ich gönne den
beiden ihr Glück. Trotzdem beneide ich sie. Mein Dasein
finde ich trostlos. Ohne Kinder. Ohne Arbeit.

Warum tröstet mich der Gedanke an Torsten nicht?

Ich denke an Paul. Kein Zeichen von ihm.

Was fange ich nur mit meinem Leben an? Vielleicht
haben die Moderatoren recht und es ist ab fünfzig nicht
mehr möglich, neu anzufangen. Ich seufze und rolle mich
wie ein Dackel zusammen, eng an die Wolldecke geschmiegt.

10

15. Oktober 2022

Tut mir leid für die verspätete E-Mail. In der
Arbeit ist die Hölle los. Ich musste nach New
York fliegen, einen Klienten treffen.
Schwieriger Prozess! Die Arbeit ist schuld,
dass ich graue Haare habe! Aber damit ist
bald Schluss. Mein Vater ist vor einem Jahr
gestorben und ich bin gerade dabei, seine
Kanzlei in New York zu verkaufen. Danach
kümmere ich mich nur noch um Fälle, die
wirklich einen Unterschied machen, und zwar
nicht für die Bilanz eines Weltkonzerns,
sondern für all die Menschen da draußen, die
Hilfe bitter nötig haben.
Wie geht es dir? Ich stelle mir vor, wie du
heute aussiehst. Sicherlich immer noch so
hübsch wie damals.
Schickst du mir ein Foto von dir?
Du gehst mir nicht aus dem Kopf – verrückt,
nach so langer Zeit. Vielleicht sollte ich das
gar nicht schreiben, vielleicht bist du
verheiratet und dein Mann findet diese E-Mail
von mir :)
Paul xoxoxo

P.S.: Bist du verheiratet???
P.P.S.: Warum ich wieder in London bin, ist eine
lange Geschichte, willst du die wirklich
hören?

Mein Herz klopft. Schon verrückt. Eine E-Mail von
Paul und meine Laune hebt sich schlagartig. Was würde

er denken, wenn er mich so in meinem Pyjama auf dem Dachboden sähe?

Eine Frau, die sich vor ihrem Leben versteckt. Die sich selbst aufgegeben hat. Ich kann wirklich nicht ewig bei Susi und den Kindern bleiben. Nach München zu Torsten will ich nicht. Ich wäre gerne woanders, am liebsten in Wrightfield. Es wäre nicht London, aber in seiner Nähe. Ein billiges Zimmer könnte ich mir mit der Abfindung vom Sender leisten. Aber was wird dann mit Torsten? Wäre es das Ende unserer Beziehung? Vielleicht wäre es besser so.

11

15. Oktober 2022

Hallo Paul,
du bist also der Staranwalt geworden, wie ich
es dir damals prophezeit habe. Bist du oft in
New York? Wahrscheinlich düst du um die
halbe Welt.
Ich würde liebend gerne wissen, warum du
wieder in London wohnst. Zeit habe ich.
Momentan sogar sehr viel davon.
Ich freue mich auf deine Nachricht.
Alles Liebe,
Maike

Nach kurzem Überlegen tippe ich noch eine Nachricht. Eine schwierige, aber sehr wichtige. Ich fühle mich
mies, aber es muss sein.

Lieber Torsten
Es fällt mir schwer, dir über WhatsApp zu
schreiben, aber ich habe nicht den Mut, dich
anzurufen.
Mein Leben steht grad auf dem Kopf und ich
muss es sortieren. Ich bin feige und das tut mir
leid. Das hast du nicht verdient. Ich brauche
Zeit und kann jetzt nicht in München bei dir
sein.

Ich hoffe, es geht dir gut.
Maike

12

Berlin, 18. Oktober 2022

»Das können die doch nicht machen! Ich brauch das Geld!«
Ich starre auf mein Handy mit der E-Mail. Susi sitzt
neben mir in unserer Lieblingskneipe und hört abrupt
auf, an ihrem Strohhalm zu ziehen. Als Studentinnen
verbrachten wir fast jeden Tag unsere Zeit hier. Das ist
der einzige Ort in Berlin, der sich nie zu ändern scheint.
Die Jukebox steht immer noch in der Ecke, auch den
Trabi gibt es noch - das Kurioseste, was es damals in der
Szene gab: zwei runde Lichter mit Stoßstange ragen aus
der Wand, als ob die Pappe jeden Moment durchstartet.

Susi reißt mir das Handy aus der Hand.

»Die wollen dir tatsächlich nichts zahlen, weil du fünf
Tage nicht in die Arbeit gekommen bist?«

Ich nicke. »Das muss ein Missverständnis mit meinem
Resturlaub sein. Auf den hatte ich aber doch Anspruch.«

»Süße, du brauchst einen Anwalt. Einen richtig guten.«

»Ich habe keine Kohle, ein paar Ersparnisse, aber -«

»Paul. Der kann dir helfen.«

Ich schüttele den Kopf. Lieber krieche ich auf Knien
zum Rundfunk. »Der ist doch Anwalt in England, der kann
sicherlich keinen Arbeitsrechtsfall in Deutschland
vertreten. Außerdem würde ich das gar nicht wollen. Er
könnte denken, dass ich ihn ausnutze und mich nur
deswegen bei ihm gemeldet habe.«

»Ach, papperlapapp! Paul kann sicher etwas deichseln.
Anwälte haben immer gute Connections.«

Mich nervt, wie übertrieben sie das englische Wort
ausspricht. Mit einem herausfordernden Blick sieht sie
mich an. Diese Besserwisserin!

»Paul frage ich ganz bestimmt nicht.«

»Du und deine Sturheit! Radio Süddeutschland hat dir eine Abfindung versprochen, die sollen nicht damit durchkommen. Mensch, Maike!«

Beleidigt nuckelt Susi an ihrem Glas. Ich kenne sie. So schnell gibt sie nicht auf. Sie wird mich in den nächsten Tagen bedrängen, Paul um Hilfe zu bitten. Wir schweigen. Doch lange halten wir die Stille nicht aus. Sie greift nach meiner Hand.

»Ich will nur, dass es dir gutgeht.« Susi lächelt. »Hat er dir nochmal geschrieben?«

Ich zeige ihr die Nachricht von heute.

Hallo, Berliner Mädchen,

Staranwalt klingt gut. Eher vertrete ich all die uninteressanten Fälle auf dieser Welt – genau wie in den letzten zwanzig Jahren schon. Wie du dich vielleicht erinnerst, wollte ich mich im Bereich Migrationsrecht spezialisieren. Damals. Ich wollte etwas für die gute Sache tun, aber irgendwie ist daraus nie das geworden, was ich mir erhofft hatte. Ich habe diesen einen Prozess und noch ein paar kleinere am Hals, die ich zu Ende bringen muss, und dann kann ich mich meiner Londoner Kanzlei widmen und endlich „nur" Geflüchteten helfen, das, was ich ehrenamtlich schon eine Zeit lang nebenher tue. Doch ich will dich nicht mit Details in der Arbeit langweilen.

Ich mach's kurz: Ich bin gerne wieder in England. Mit meiner Tochter. Ja, da staunst du vielleicht. Sie heißt Lily und ist 18. Sie studiert in London, während ihre Mutter in New York lebt. Ja, das mit der Liebe hat nicht so hingehauen. Wir sind geschieden. Zu viel

gearbeitet, nie zu Hause, der Klassiker.
Und du? Du hast mir immer noch nicht
geschrieben, ob du verheiratet bist.
Geheimnisvoll – so warst du schon immer!
Und ein Foto habe ich auch noch nicht
gekriegt. Komm schon, Maike :D !
Warum hast du viel Zeit? Bist du im Urlaub
oder nimmst du dir eine Auszeit?
Was macht dein Kind?
Mach's gut,
Paul xoxoxo

»Er weiß das von damals gar nicht?«, fragt Susi.

Ich schüttele den Kopf. »Wir hatten seit dem Flughafen keinen Kontakt.«

»Wahnsinn! Und jetzt redet ihr wieder. Und er ist geschieden.« Susi schaut mich schelmisch an. »Sag, holdes Weib, wie bringen wir dich zu deinem Geliebten?«

»Er ist nicht mein Geliebter.« Ich muss grinsen, sage aber nachdenklich: »Weißt du, dass ich früher keine Sekunde gezögert hätte, meine Sachen zu packen?«

»Stimmt. Du bist immer deinem Bauchgefühl gefolgt. Das fand ich immer so toll an dir. Ich bin die Vernünftigere von uns beiden.« Susi seufzt.

»Hallo. Wer hat heute die tolle Familie und ein grandioses Haus?«

»Abenteuer erleben ist auch toll. Ich war nie alleine im Ausland.«

»Du meinst, ich soll die alte Maike sein?« Meine Wangen glühen auf einmal und meine Gedanken schwirren. Wovor habe ich eigentlich Angst? Was habe ich zu verlieren? Unglücklich bin ich sowieso. Kinder, Arbeit, Geld. Habe ich alles nicht. Und Torsten? Ich muss endlich etwas riskieren.

»Wäre doch gelacht, wenn ich das nicht hinkriege. Ich

werde einen Weg nach England finden und wenn es das Letzte ist, was ich in meinem Leben tue.« Dann trinke ich meinen Cocktail in einem Zug aus und klopfe mir auf die Brust.

»Mein geliebtes Vereinigtes Königreich, harre aus, schnellstmöglich werde ich zu dir schreiten!«

»Da kommt die Dramatikerin in dir wie früher durch.« Susi stöhnt, grinst aber und bewirft mich mit Kügelchen, die sie aus einer Serviette geformt hat, und wir brechen in schallendes Gelächter aus.

Später zu Hause ruft mich Susi zum dritten Mal zum Abendessen, aber ich sitze konzentriert im Wohnzimmer und gehe alle meine Kontakte durch. »Fangt bitte ohne mich an!« An Essen ist jetzt nicht zu denken.

Das Gute daran ist, wenn man in der Medienbranche arbeitet, dass man viele Leute kennt. Manche schulden einem sogar einen Gefallen. Das Schlechte ist, dass keiner eine Ahnung von Jura hat. Auch Kontakte von der Uni helfen mir nicht weiter. Die meisten haben wie ich Englische Literatur und Theaterwissenschaften studiert, wobei sie anders als ich das Studium beendet haben. Ich blättere in meinem blauen Buch und suche nach Hinweisen. Auf der allerletzten Seite entdecke ich ein kleines, an den Enden zerknittertes Foto. Ich streiche es glatt und zwei junge Männer strahlen in die Kamera: Paul und sein Mitbewohner George.

13

Wrightfield, 25. November 1992

George und ich schlendern schweigend durch die Innenstadt, vorbei an abgedunkelte Cafés, Boutiquen, Spielzeugläden, die ohne das Treiben der Menschen einen verlassenen Eindruck machen, währenddessen sich bei Mc Donald's eine Schlange bildet, als ob die Leute dort kostenlos Burger bekämen. Wrightfields Nachtleben ist aufregend, das kulinarische Angebot mitternachts ist dürftig. Trotz Magenknurren gehe ich weiter. Die Kopfschmerzen, die mich auf einmal in der Kneipe überkommen haben, drängen mich nach Hause, aber ich habe niemandem etwas davon gesagt. Ich habe Paul in dem Glauben gelassen, dass mir heute nicht nach mehr Ausgehen zumute ist. Da er gleich seinen Freund aus London vom Bahnhof abholen muss, der sich gerade in einer Krise befindet, bat er George, mich zu begleiten. Denn um diese Uhrzeit sei es für ein Berliner Mädchen wie mich viel zu gefährlich allein auf der Straße, hat er augenzwinkernd gesagt, bevor er mit seinen Kumpels von dannen gezogen ist.

Ich versichere George noch einmal, dass er ruhig mit den anderen hätte mitgehen können. Doch dieser schüttelt nur mit dem Kopf, murmelt erneut etwas von Prüfung und Lernen. George ist definitiv der wortkarge Typ. Bisher bin ich immer davon ausgegangen, dass alle Anwälte eloquent und kommunikationsfreudig auf die Welt kommen. Bei ihm ist das nicht der Fall. Ich frage ihn, wie das Studium läuft.

»Ganz gut«, bekomme ich als Antwort zurück. »Und bei dir?«

»Momentan beschäftigen wir uns mit dem Epischen

Theater und ich hätte nie gedacht, dass Brecht so spannend sein kann. Du kennst doch Brecht, oder? Jedenfalls ist das epische Theater eine Theaterform, in der die Handlung sowohl erzählt als auch von Figuren dargestellt wird. Brecht brach damals mit allen Konventionen. Er wollte Kunst erlebbar, verständlich machen, verstehst du?« Ich sehe George an. »Sorry. Wenn ich über das Theater spreche, verliere ich jegliche Kontrolle. Ich höre auch schon auf damit.« Ich mache eine entschuldigende Geste. Sogar mit Brummschädel liebe ich es, über das Theater zu sprechen.

»Du brauchst dich nicht dafür zu entschuldigen. Verliere einfach nie diese Leidenschaft.«

Am Studentenwohnheim angekommen bitte ich ihn eher aus Höflichkeit mit reinzukommen und bin umso erstaunter, als George die Einladung nicht abschlägt. Da mein Zimmer klein ist, gehen wir in die geräumige und unordentliche Küche, in der ich uns einen Instant-Kaffee zubereite. Wir sitzen allein an dem Tisch, um ein Uhr an einem Freitagabend nicht der Normalfall. Ich nehme ein paar Schlucke und genieße diese Ruhe, mein Kopf hämmert glücklicherweise nicht mehr so. Das Koffein tut gut. George lächelt mich schüchtern an, seine Körperhaltung wirkt weniger angespannt. Ich frage ihn, was er außer Studium so treibt und er erzählt von seinem Kajak, mit dem er meistens am Wochenende ganz in der Früh aufs Meer fährt. Er hat diesen typischen Akzent aus dem Südosten Englands, das Queen's Englisch, und anders als Pauls Englisch, das undeutlicher und oft gehetzt klingt, spricht George die Wörter langsam und klar aus, als ob er alle Zeit der Welt hätte. Es entspannt mich und ich höre ihm gerne zu, während er spricht. Er blüht geradezu auf. Also hole ich ein paar Cookies aus dem Schrank und setze mich wieder hin.

Knabbernd betrachte ich sein Gesicht. Obwohl er nur ein Jahr älter als ich ist, wirkt er um Jahre reifer. Warum verliebe ich mich nicht in einen Typen wie ihn, bodenständig, normal? Er möchte auch Anwalt werden, muss dafür aber nicht wie Paul nach New York gehen, um dort die ganze Welt zu erobern.

Als ob er meine Gedanken errät, sagt George zu mir: »Paul ist mein Kumpel, aber hält sich auch für äußerst unwiderstehlich.«

»Wie meinst du das?«

»Sei einfach vorsichtig, Maike.« Er kritzelt seine Telefonnummer auf ein Taschentuch, das auf dem Tisch herumliegt. »Falls du mal mit zum Kajak-Fahren willst.«

Ich lache. Er hat tatsächlich seinen vollen Namen aufgeschrieben. Ich mache eine Art Verbeugung. »Nichts lieber als das, Mr Shaw. Aber bitte bedienen Sie sich doch. Die Kekse sind echt lecker.«

14

Berlin, 19. Oktober 2022

Ich wälze mich hin und her. Kann nicht schlafen. Susi, der Engländer im Zug, Paul, George, Kelly. Alle kreisen in meinem Kopf. Ich schwitze. Mein T-Shirt klebt an meinem Rücken. Ich stehe auf und trinke einen Schluck Wasser. Dann lege ich mich wieder hin. Sehe meinen neuen Chef, der mir die Kündigung ausspricht, höre Lukas und Alex »mit fünfzig ist es zu spät, zu spät, zu spät« und falle irgendwann in einen tiefen Schlaf ...

Torsten hält mir ein Ding vor die Nase, so nahe an mein Gesicht, dass ich nichts erkenne. »Halt das doch mal weiter weg. Ich sehe gar nichts.«

Er rückt ab von mir und guckt mich mit einem Strahlen an.

»Das habe ich heute für dich gekauft. Für nächste Woche. Ilona und Markus freuen sich schon total.« Er reicht es mir. »Probier es doch mal an!«

Ich starre auf das Preisschild: 929 Euro – Bella Tina Dirndl kurz mit Schürze violett. Ich mag Violett normalerweise, aber das Teil ist nicht violett. Das ist rosa. Sehr rosa. Ich sehe nichts als Rosa. Ich schlucke. Ich kann das nicht anziehen. In dem Teil sehe ich bestimmt wie ein Geschenk aus, das keiner haben will. Ich lächle ihn gezwungen an und verschwinde im Bad. Setze mich auf die Toilette und starre auf die Buchstaben R E L A X, die auf den Fliesen neben den Kerzen auf der Badewanne stehen. Solche Dekorationen fand ich schon immer bescheuert und ich bin nicht relaxt! Wie kann Torsten ernsthaft glauben, dass mir dieser Fetzen gefällt? Ich fasse es nicht. Wenn man mich ein bisschen kennt, weiß

man doch, dass ich mich nie im Leben freiwillig in dieses
hässliche Ding quetschen würde. Die Schleife und die
Schürze - grauenhaft!

»Und, passt's?«, höre ich Torstens Stimme.

»Dauert noch ein wenig.« Ich blicke auf das offene
Fenster. Ein Vorteil hat es, wenn das Bad im Erdgeschoss
liegt. Früher fand ich das unpraktisch. Vor allem im
Winter, wenn ich nur im dünnen Handtuch bekleidet und
mit nassen Haaren nach oben ins Schlafzimmer tapste.
Heute ist es mein einziger Weg nach draußen. Ich
schmeiße das Dirndl auf den Boden, steige auf das
Fensterbrett und klettere hinaus. Na ja, so gut das in
meinem Alter und meiner körperlichen Unfitness geht.
Ich bewege mich eher wie ein Elefant als eine Gazelle,
aber geschafft. Ich habe keine Schuhe, keine Socken,
aber auch keine Wahl.

»Schatz, ist alles in Ordnung bei dir?«, höre ich wieder
seine Stimme, dieses Mal gedämpft.

Ich renne los, immer geradeaus, atme heftig mit
offenem Mund. Mein Hals tut weh. Ich renne und renne
und renne. Um mein Leben. Torsten und das Dirndl
kriegen mich nicht. Ich laufe weiter.

Schweißgebadet wache ich auf. Erinnere mich, wo ich
bin. Seufze auf, als ich Susis Dachboden erkenne, freue
mich über den modrigen Geruch und halte mich an der
Wolldecke fest. Kein Kleid, kein Torsten. Ich bin in
Sicherheit. Alles nur ein dummer Traum!

15

20. Oktober 2022

Liebe Maike,
du kannst dir vorstellen, wie mich deine E-Mail
überrascht hat.
Kannst du hierherkommen, um über deinen
Fall zu sprechen? Persönlich geht das viel
schneller. Meine Kanzlei liegt eine halbe
Stunde außerhalb von London, in Reading. Wie
du ja auf meiner Webseite lesen konntest, bin
ich in Sozial- und Arbeitsrecht spezialisiert –
sowohl in Deutschland als auch in England.
Einer der Vorteile, wenn man einen deutschen
Elternteil hat.
Viele Grüße
George

Georges knappe Nachricht lässt mich schmunzeln. Sie
klingt, wie ich ihn als Person in Erinnerung habe: kurz
und direkt. Internet ist schon eine feine Sache. Wenn ich
geahnt hätte, wie einfach es ist, Paul und George per
Maus-Klick zu finden, hätte ich das vielleicht früher
gemacht. Doch vor ein paar Wochen noch gab es keinen
wirklichen Grund dafür. Ich dachte, mein Leben war in
Ordnung. Heute höre ich nichts anderes als das Ticken
der Uhr, weil meine Lebenszeit davonrennt und das
stresst mich. Wenn ich jetzt nichts unternehme, ist es zu
spät. Dann sitze ich in zehn Jahren immer noch bei
Torsten im Schlaraffenland, faul, fett und todun-
glücklich. In den letzten Tagen habe ich mich selbst
wieder gespürt, fühlte mich wie die alte Maike und das
war dufte. Auch wenn es momentan verrückt und
unvernünftig klingt. Es ist beschlossene Sache: Ich fahre

nach England und treffe George. Auch wenn ich Bammel habe. Ich weiß aber: Es gibt keinen Weg zurück.

16

Wrightfield, 25. Oktober 2022

Mit verquollenen Augen und Rückenschmerzen trinke ich in einem Café meinen dritten Espresso und halte mich so am Leben. Wieder habe ich kaum ein Auge zugetan. Gestern Abend gingen die Leute ein, aus, ein, aus, ein, aus und heute stehe ich praktisch vor einem Nervenzusammenbruch.

Seit drei Tagen teile ich mir mit zwölf Personen zwischen sechzehn und fünfundzwanzig Jahren einen einzigen Schlafraum. Die Jugendherberge ist das Einzige, was mein Budget zulässt. Dennoch waren die letzten fünf Tage ereignisvoller als meine letzten fünf Jahre. George will dem Sender Feuer unterm Hintern machen, wie er es so schön nennt. Ich solle mich ein bisschen gedulden, er habe schon härtere Nüsse geknackt. Nach dem Treffen mit ihm bin ich wie selbstverständlich nach Wrightfield gefahren und verbringe seitdem meine Zeit in diesem niedlichen Städtchen.

Ich stöbere den Wohnungsmarkt durch, wische mich von einer Wohnung zur nächsten und möchte auf-schreien - die Mieten sind einfach unerschwinglich für jemanden wie mich! Wenn ich nicht bald das Geld von der Abfindung bekomme, muss ich mir schleunigst einen Job suchen. Doch wer stellt schon eine Fünfzigjährige ein? Für die Gastronomie bin ich zu alt, für einen Bürojob habe ich nicht die nötige Erfahrung. Ich fühle mich wie eine totale Versagerin, als hätte ich nichts im Leben erreicht. Ersparnisse habe ich schon lange nicht mehr. Meine Mutter möchte ich nicht um Geld bitten. Ihre Rente ist mickrig und mein Vater hinterließ uns nach seinem Tod etliche Schulden. Immerhin konnte ich ihr damals helfen, das Haus zu behalten. Meine Freunde pumpe ich nicht an.

Ich knalle mein Handy auf den Tisch. Die Frau am Tisch nebenan unterbricht ihre Unterhaltung und blickt vorwurfsvoll zu mir. Dann wendet sie sich wieder ihrer Gesprächspartnerin zu und schlürft an ihrer Latte.

Um mich abzulenken, nehme ich in den Lokalteil vom Tisch und blättere darin. Ein Katzenbesitzer hält glücklich sein Tier vor die Kamera. Nach einem Jahr ist sie wieder bei ihm aufgetaucht. Eine andere Frau erzählt von Mr Harris, der ihren Geldbeutel mit fünftausend Pfund zurückgegeben hat. Warum jemand wohl so viel Geld herumträgt? In meiner jetzigen Situation würde ich das Geld behalten. Fünftausend Pfund. Das wären sieben Monatsmieten für ein schönes Zimmer im Zentrum.

Nein, das würdest du nicht. Warum höre ich Susis Stimme auf einmal? *Du kannst nicht einmal zehn Euro vom Straßenrand aufheben, ohne ein schlechtes Gewissen zu haben.*

Ich muss wirklich einsam und verzweifelt sein. Dann, wie von Zauberhand, entdecke ich Mrs Robinsons Annonce.

Suche verlässliches Paar für Haus - und Hundesitting gegen freie Unterkunft. Keine Partys, keine Drogen und Alkohol. Ausschließlich seriöse Paare bitte!

Ich bin entzückt von den alten braunen Sesseln vor dem Kamin und den Pflanzen auf dem Patio und sehe mich schon in der ovalen Badewanne. Ein bisschen schmal, aber hey, hier würde ich gerne wohnen. Ich lächle vor mich hin und spüre einen Funken Hoffnung.

Einziger Haken: Ich bin ohne Partner.

Ich sehe mich im Café um. Als ob mir jemand mit derselben Anzeige in der Hand zuwinkt und ruft: Ich bin hier, nimm mich!

Mit Torsten würde ich das Haus bekommen. Mit seiner fröhlichen Gelassenheit kommt er sowohl bei Jung als auch bei Alt an. Bei ihm ist alles immer so einfach. Der Gedanke an ihn versetzt mir einen Stich. Er hat mich ein paar Mal angerufen, ich habe nicht abgehoben. Warum lasse ich einen so guten Mann sitzen? Statt auf Wohnungssuche säße ich mit ihm und Pizzakartons auf dem Sofa. Bestimmt würden wir Tatort gucken. War doch nicht das schlimmste Leben. Jetzt schlafe ich mit Fremden in einem Stockbett und könnte fast deren Oma sein.

Von Paul habe ich nichts gehört. Er ist wieder in Amerika und angeblich super beschäftigt. Ich sehe mich um, vergewissere mich, dass mich niemand beobachtet, und reiße das Inserat heraus. Schnell stopfe ich den Zettel in die hintere Jeanstasche.

Viele Geschäfte und Einrichtungen in Wrightfield kenne ich nicht mehr. The Little Bookshop an der Straßenecke ist natürlich eine Ausnahme, auch wenn die Buchhandlung heute weiß ist, nicht mehr schwarz wie früher. Gegenüber steht der Uhrenturm, damals beliebter Treffpunkt von Kelly und mir.

Ich sehe sie vor mir, wie sie ihr Gesicht gegen das Schaufenster drückt, die Neuerscheinungen begutachtet und mich dann schimpft, weil ich sie wieder einmal habe warten lassen. Sie stand immer auf der anderen Straßenseite, nicht vor dem Clock Tower, und bis heute verstehe ich nicht, warum wir uns nicht gleich vor dem Geschäft trafen. Ich schätze, wir mochten dieses Schäkern und Geplänkel irgendwie.

Meistens gingen wir nicht einmal in den Buchladen rein, sondern bogen rechts ab und liefen geradeaus runter bis ans Meer. Ich nehme diesen Weg nun und traue meinen Augen nicht, als ich rechts den alten Fish-and-

Chips-Laden von Konstantinos entdecke. Den gibt es also immer noch. Ein alter Mann steht hinter dem Tresen; ich könnte schwören, dass es der Besitzer von damals ist.

Kelly und ich waren Stammkunden dort und manchmal spendierte er uns Fritten. Er war damals so alt wie ich es jetzt bin. Ich betrete den Imbiss und bestelle mir eine große Portion mit Käse und Essig - mein damaliges Lieblingsgericht. Ich wiederhole meine Bestellung, weil der Mann mich nicht hört. Seine Hände zittern und er bewegt sich langsam. Als er mir den Styropor-Behälter reicht und ihn mit weißem Papier umwickelt, spricht er leise, aber immer noch mit derselben Freundlichkeit von damals. Am liebsten würde ich ihn kurz in den Arm nehmen.

Dann schnappe ich mir eine Gabel, verabschiede mich und gehe auf die gegenüberliegende Straßenseite, wo das Meer liegt. Neben dem Geländer an der Promenade nehme ich auf einer Bank Platz und esse meine Pommes. Sie sind heiß und fettig. So wie früher. Herrlich.

Wenige Menschen laufen am Strand entlang. Die meisten arbeiten vermutlich und haben keine Zeit, wie ich herumzustreunen. Ich stopfe mir Fritten in den Mund, als ich ein paar Meter von mir entfernt einen Mann und einen Pudel sehe. Der Mann bückt sich und macht komische Bewegungen mit seinen Armen. Er steht auf, holt sein Handy heraus und ruft jemanden an.

Dann begreife ich die Situation: Der Kopf des Hundes steckt im Geländer fest!

Ich stopfe mein Essen in die Jackentasche und jogge zu dem Mann. Der arme Hund!

»Was ist passiert?«, japse ich und hole Luft.

Der Hund würde bei jedem Spaziergang versuchen, seinen Kopf zwischen das Geländer zu stecken, und dieses Mal hat er es geschafft, erklärt der Mann. »So ein

Dummkopf!« Der Mann klopft sich an die Stirn. »Ich bin der Dogwalker und rufe gerade das Herrchen an, aber der geht nicht ran.«

»Wie heißt der Hund?«

»Bruno.«

»Keine Panik. Ich gehe auf die andere Seite und schaue, was ich von dort aus machen kann.«

Der Mann nickt und ich renne zurück zur Bank zu den Stufen, um auf die andere Seite des Geländers zu gelangen. Außer Atem komme ich bei Bruno an. Seine Schnauze ragt heraus.

»Alles wird gut«, flüstere ich dem Kleinen zu und streichle seinen Kopf. Er sieht mich an und schleckt zaghaft meine Hand. Vorsichtig bewege ich seinen Kopf nach oben zur Seite, dann nach rechts. Er bewegt sich ein wenig, aber der Kopf steckt fest. Ich versuche es dreimal. Nichts.

»Bruno, schau nach oben in den Himmel. Komm, sei ein braver Junge.« Ich locke ihn mit einer Pommes und schmiere dann mit dem Fett an meiner Hand seinen Hals und Kopf ein und drücke seinen Kopf noch einmal nach oben, wieder zur Seite, höher als vorher und schiebe ihn dann nach hinten zurück. Wie ein Sektkorken ploppt Brunos Kopf heraus.

Der Mann nimmt den Hund in seinen Arm und streichelt ihn. Nachdem ich wieder auf die andere Seite zurückgesprintet bin, begrüßt mich Bruno, als ob ich eine alte Freundin von ihm sei. Stürmisch schleckt er meine Hände ab.

Der Mann streckt mir freudestrahlend seine Hand entgegen und schüttelt sie kräftig. »Ich bin übrigens Andrew.«

»Mal eine andere Art sich kennenzulernen,« sage ich lachend und nenne meinen Namen.

SPÄTAUFBRUCH

»Wie kann ich das wieder gutmachen?«
Ich zögere keine Sekunde und hole die Anzeige hervor.
»Heirate mich.«

17

Wrightfield, 26. Oktober 2022

Andrew und ich stehen vor Mrs Robinsons Tür. Ich klingle. Eine kleine, grauhaarige Dame öffnet uns, bittet uns herein. Wir schütteln uns die Hände und sie führt uns durch den Flur. Von dort aus erkenne ich den Patio von den Fotos. Ein weiß-brauner Sprocker Spaniel kommt von draußen herein und begrüßt uns schwanzwedelnd.

Sie stellt uns Henry vor. »Sein gutes Herz und die Schlappohren hat er von seinem Vater, einem Cockerspaniel. Die unerschöpfliche Energie von der Mutter, einer Springer-Spaniel-Hündin.«

Er kommt zu mir, drückt seinen Körper an mich, den Kopf nach oben gestreckt. Als ich ihn streichle, schmiegt er sich noch enger an mich.

»Er ist wahnsinnig anhänglich«, sagt Mrs Robinson, »und er mag Sie.«

Dann setzen wir uns an den runden Esstisch. Eine Teekanne und drei kleine Tassen stehen bereit. Sie fordert uns auf, uns hinzusetzen und schenkt uns ein. Ich fühle mich wie bei einer Theateraufführung, habe Angst, meinen Part zu vergeigen. Anders als früher habe ich aber keinen Text parat.

Ich fasse mir an meinen Pferdeschwanz. Normalerweise trage ich meine Haare immer offen. Ich hoffe, mit dieser Frisur frischer und mädchenhaft auszusehen. Außerdem habe ich heimlich den Lippenstift von einem der Mädchen aus der Jugendherberge genommen und dezentes Rosa aufgetragen.

Als ich an der Tasse nippe, huste ich. Eine Erdnuss, die ich kurz vorher auf dem Weg hierher gegessen habe, steckt immer noch in meinem Hals. Ich kippe die Tasse um und Tee läuft auf meine cremefarbene Bluse, dann auf die weiße Tischdecke. Ich entschuldige mich bei Mrs Robinson und verfluche meine Ungeschicktheit. Richtig blödes Timing!

Ich bitte um ein Geschirrtuch und sie begleitet mich in die Küche. Kleine Töpfe mit Thymian, Basilikum und Koriander stehen auf der Küchentheke. Ich liebe diese kleinen Details. Ich liebe dieses Haus!

»Ich bin so ein Schussel. Es tut mir wirklich leid. Seit ich klein bin, ist das so. Wenn ich nervös bin, stoße ich entweder etwas um oder bekomme keinen Ton heraus oder ich rede zu viel oder zu schnell wie jetzt.«

Mrs Robinson tätschelt meine Hand. »Das kann jedem passieren, mein Kind.«

Andrew schaut mich nervös vom Tisch aus an, zupft an seiner Krawatte, die er sich von einem Freund ausgeliehen hat. Darin sieht er älter aus. Ich hingegen wollte jünger aussehen, mich aber nicht wie ein Tollpatsch benehmen.

Ein dicker brauner Fleck zeigt sich auf meiner Bluse. Zum Glück ist der Jeansrock verschont geblieben.

Die alte Frau reicht mir das Tuch und erzählt uns, als wir wieder an den Tisch zurückkehren, den Grund für ihre bevorstehende Reise. Eines ihrer Kinder lebe in Amerika und sei krank. Sie müsse sich dort um ihre Tochter kümmern und könne Henry nicht mit auf diese Reise mitnehmen.

Während ich ihr zuhöre, bemühe ich mich, den Schaden, den ich auf der Tischdecke verursacht habe, zu begrenzen. Vorsichtig tupfe ich die Tischdecke ab. Mrs Robinson macht eine Handbewegung, mich wieder zu setzen.

»Zerbrechen Sie sich wegen des Fleckens mal nicht den Kopf. Ich habe noch einige Fragen, die ich Ihnen stellen möchte.«

Ich schlucke. Jetzt wird's ernst. Wahrscheinlich hat sie schon viele andere Paare zu Besuch gehabt, die eine bessere Figur als wir abgegeben haben. Ich darf nicht ich sein, sonst passieren nur Missgeschicke wie vorher. Ich muss in eine andere Rolle schlüpfen. Wie beim Theater früher. Komm, spiel jetzt eine selbstbewusste Geschäftsfrau, die kriegt, was sie will. Ich atme einmal tief ein und aus, richte meinen Körper gerade auf und sehe der Frau direkt ins Gesicht. Die meisten Fragen haben Andrew und ich vorher besprochen. Während ich souverän alle beantworte, sagt Andrew nur ein paar Worte zwischendurch. Ich streichle seine Hand und sehe ihn vertraut an. Nach einer Weile gewinne ich zunehmend Gefallen an der Komödie und fühle mich wohl in meiner Rolle.

»Wissen Sie, Mrs Robinson, zwischen Andrew und mir gibt es zwar einen großen Altersunterschied. Aber wir beide ergänzen uns ausgezeichnet. Wir sind ein Spitzen-Team. Wir träumen von einem Haus wie das hier und wollen in ein paar Jahren etwas Eigenes. Am liebsten hier an der Küste.«

Die alte Dame lächelt und reicht uns selbst gemachtes Shortbread. Einen neuen Tee bringt sie ebenfalls. Dann will sie wissen, wie wir beide uns kennengelernt haben. Ich zögere einen Moment, erzähle ihr dann die wahre Geschichte. Als ich fertig bin, lacht sie laut auf.

Das sei ihr und ihrem verstorbenen Mann mit Henry als Welpe ebenfalls passiert.

»Ich musste die Feuerwehr rufen, die unseren Henry aus dem Geländer befreit hat.« Bei seinem Namen wedelt der Hund und tapst zu seinem Frauchen. Sie streichelt ihn hinterm Ohr.

Beim Abschied drückt Mrs Robinson fest meine Hand: »Ich habe in den letzten Tagen schon so viele Paare getroffen, aber Sie gefallen mir mit Abstand am besten und die Zeit drängt.«

Obwohl ich wegen der Lügereien ein schlechtes Gewissen habe, bin ich erleichtert. Keine laute Jugendherberge mit wackligem Bettgestell mehr. Und: Ich bleibe in England!

Als wir ein paar Meter entfernt sind, boxt mir Andrew in die Seite und sagt: »Das war bühnenreif, richtig professionell.«

Ich strahle übers ganze Gesicht. »Zur Feier des Tages spendiere ich dir einen Drink, liebster Ehemann.« Ich drücke ihm einen Schmatzer auf die Wange.

Den ganzen Weg über zur Kneipe könnte ich schreien vor Glück. Ich fühle mich jung, selbstbewusst und glücklich. Andrew erzählt mir irgendeine Geschichte von der Arbeit, aber ich höre nicht richtig zu, bin mit meinen Gedanken meilenweit entfernt. Wann habe ich mich das letzte Mal so lebendig gefühlt? Das Gefühl, das ich gerade habe, ist mir vertraut. Jetzt, da ich es spüre, merke ich, wie ich es vermisst habe. Nirgendwo anders als im Theater hatte ich dieses Gefühl.

18

Wrightfield, 29. Oktober 2022

Mrs Robinson schlägt die Tür hinter sich zu und ihr Taxi fährt fort. Henry sieht mich an. *Was nun?*, fragt sein Blick. Ich kraule ihn hinter dem Ohr und lege die Liste der alten Frau auf die Küchentheke, ein wichtiger Zettel, den ich auf keinen Fall verlieren darf. Darauf stehen alle notwendigen Informationen rund um das Haus. Wie beim ersten Mal überrascht mich die Inneneinrichtung: einfach, aber fein. Helle und weiße Möbel mit einer Mischung aus dunklem Holzboden, der sich durchs ganze Haus zieht. Anders als viele alte Menschen mag Mrs Robinson keine Gegenstände. Nichts steht herum, was nicht gebraucht wird. Das gibt den Räumlichkeiten einen beinahe sterilen Charakter. Persönlich hätte ich mit mehr Schnickschnack dekoriert, aber Mrs Robinson hat mich ausdrücklich gebeten, das Haus nicht zu verändern.

Summend bediene ich die Espressomaschine und bereite mir einen schönen starken Kaffee zu. Die letzten Tage habe ich nicht mehr in der Jugendherberge verbracht, doch die weiche Couch von Andrew hat zu Verspannungen in meinem Rücken geführt. Überall tut es weh. Andrew und ich kennen uns kaum und ohne zu zögern hat er mir sein Sofa angeboten. Überhaupt ist mir in den letzten Tagen so viel Positives widerfahren und es fühlt sich wie ein richtiger Neuanfang an.

Ich setze mich auf den antiken Ledersessel vor dem Kamin im Wohnzimmer. Der weiße Kamin ist das Schmuckstück im Haus. Darauf hat Mrs Robinson Grünlilien platziert. Vor ihrer Abreise hat sie den Kaminkehrer beordert, ihn sauberzumachen. »Ich möchte, dass Sie sich hier wohlfühlen«, sagte sie und tätschelte dabei meinen Arm.

Ich lese die letzte Nachricht auf meinem Handy, die ich an Paul geschrieben habe. Ich habe nichts mehr von ihm gehört. Habe ich irgendetwas Blödes geschrieben?

> Lieber Paul,
> ich habe George getroffen! Habt ihr noch
> Kontakt? Es war toll, ihn wiederzusehen. Und
> so wortkarg ist er gar nicht mehr. Nun bin ich
> tatsächlich in Wrightfield! Es ist so schön wie
> damals. Doch eine Person fehlt.
> Wie geht es dir?
> Momentan arbeite ich nicht und orientiere
> mich gerade. Viele Dinge sind auch in meinem
> Leben nicht so gelaufen, wie ich sie mir erhofft
> habe.
> Nein, verheiratet bin ich nicht. Leider ist mein
> Sohn nach der Geburt gestorben und ich habe
> keine Kinder.
> Deine Tochter ist fast in dem Alter, in dem wir
> uns kennengelernt haben. Verrückt. Ist sie wie
> du und weiß genau, was sie will? Das hat mich
> damals sehr beeindruckt.
> Momentan denke ich viel über die
> Vergangenheit nach und auch darüber, was
> noch kommen mag. Ich hoffe, nur Gutes ;) .
>
> Ich würde mich über ein Wiedersehen mit dir
> freuen.
> Liebe Grüße,
> Maike

Beim Schreiben dieser E-Mail hat es sich richtig angefühlt. Sie ist direkt und ehrlich. In einundvierzig Tagen werde ich fünfzig und diese Zahl schwebt wie ein

Damoklesschwert über mir. Ich fühle den Druck, mein Leben innerhalb von Tagen zu ändern, um die verschwendete Zeit der letzten Jahre einzuholen.

Die Tage zuvor waren aufregend und ich war beschäftigt. Nun sitze ich in einem fremden Haus, in einem fremden Land und habe keinen Schimmer, wie es weitergeht. Meine Ersparnisse sind ohne Abfindung und ohne Job bald futsch. George meldet sich nicht. Paul auch nicht und ich fühle mich allein. Vielleicht war es doch ein Fehler, dass ich hierhergekommen bin? Ich seufze und bücke mich zu Henry, streichle ihn. »Ohne dich wäre ich echt aufgeschmissen.«

Dann lasse ich mich wieder in den Sessel fallen und blättere in meinem Buch. Pauls Foto fällt dabei auf meinen Schoß.

Mein Lieblingsfoto. Ich nehme es in die Hand. Er hält stolz das Surfbrett und lächelt in die Kamera. Sein mittellanges Haar steht ihm von allen Seiten ab, zerzaust vom Wind. Durch das Sonnenlicht sieht es ausgebleicht aus. Er ist sehr groß und schlank. Nicht so muskulös wie andere Surfer im Hintergrund, ein bisschen schlaksiger, aber trainiert.

Ich fahre mit den Fingern drüber. Paul schickte es mir aus einem Urlaub in Australien. Dort entdeckte er das Surfen für sich. Ich hätte ihn gerne damals besucht. Doch weder hatte er mich gefragt, noch hätte ich das Geld oder die Zeit dafür gehabt. Während er an der Goldküste in Queensland herumsurfte, bewarb ich mich bei der Schauspielschule.

Ich sehe ihn an und denke an all die aufregenden Dinge, die er in seinem Leben gemacht hat. Er war immer einer, der etwas ausprobiert. Eher zu viel unternimmt und auf die Nase fällt, als zu Hause zu hocken und sich eine Chance entgehen zu lassen. Früher war ich auch so. Und jetzt? Was würde mein jüngeres Ich heute in dieser Situation machen?

SPÄTAUFBRUCH

Ich würde mir wie Paul ein Brett schnappen und auf den Wellen reiten. Surfen hat mich immer fasziniert und jetzt lebe ich am Meer.

Ich gebe »Surfen in Wrightfield« bei Google ein und suche aus der Fülle ein paar Angebote aus. Und dann geht es wieder los. Die Zweifel, die Unsicherheit. Dieser Klotz an meinem Bein, der mir alles madig machen will. Vielleicht sehe ich ja aus wie ein Walross. Ein altes Walross. Wahrscheinlich finden die anderen mich lächerlich und fünfundsechzig Pfund für eine Stunde ist auch viel zu viel. Ich sollte es sein lassen. Dieser Schnupperkurs aber kostet nur fünfzehn Pfund. Er ist zwar mit anderen Teilnehmern, aber dauert auch nur vier Stunden. Wenn es schiefläuft, verliere ich nichts. Höchstens meine Würde und das Geld. Vielleicht gewinne ich aber auch ein neues Hobby für den Rest meines Lebens.

Sei einfach still. Denk an früher, denk an Paul. Was würde er von dir denken? Tu endlich mal was.

Klick. Gebucht!

Morgen gehe ich surfen.

19

Wrightfield, 30. Oktober 2022

Es ist sieben und ich bin wach. Ich, der Morgenmuffel! Eine Minute habe ich überlegt, ob ich mich umdrehen und es lassen soll. Dann habe ich aber Paul mit seinem gebräunten Gesicht und sein vom Wind zerzaustes Haar vor mir gesehen und das hat mir einen Ruck gegeben. Wenn ich das heute durchziehe, fühle ich mich ihm nahe.

Nach dem Frühstück und einem kurzen Spaziergang mit Henry gehe ich erhobenen Hauptes in meinem Kapuzenpulli und Leggings los. Darin fühle mich schon um einiges sportlicher. Gleichzeitig spüre ich aber auch jedes Gramm Fett zu viel an meinen Beinen. Ein paar Kilos abspecken würde nicht schaden. Wäre doch gelacht, wenn ich das heute nicht hinkriege! Noch bin ich keine achtzig.

Zwei schlanke und junge Blondinen begrüßen mich. Sie tragen Neoprenanzüge und ich frage mich, ob sie unsere Trainerinnen sind. Meine Vermutung wird nach Ankunft der anderen Teilnehmer bestätigt. Catherine und Anne zeigen uns die Umkleidekabinen. Dort wartet die erste Herausforderung auf mich: der Surfanzug. Ich stülpe mir das Ding irgendwie über. Nur mit Mühe kann ich den Reißverschluss am Rücken nach oben ziehen. Die Leggings sitzt im Vergleich zu diesem hautengen Teil wie eine Jogginghose. Ich fühle mich wie eine Presswurst. Und dann geht es wieder los: Panik, Hitzewallungen. Ich setze mich hin, atme ein und aus. Dann muss ich grinsen. Paul hat mich um ein Foto gebeten. Lieber erschieße ich mich auf der Stelle!

Wir stehen in einem Kreis: Catherine, Anne, vier andere Teilnehmer und ich. Wie befürchtet bin ich die Älteste. Und wie sich schnell herausstellt, auch die Untalentierteste. Catherine und Anne zeigen uns Trockenübungen auf dem Balance-Board. So nennen sie das Teil, auf dem wir unsere Gesamtkörpermuskelkraft und Gleichgewichtssinn üben. Meine Muskelkraft gleicht derzeit eher einer aufblasbaren Gummiente. Ich gehe in die Knie, stehe wacklig auf dem Holzbrett, das sich aufgrund der darunter liegenden Rolle hin und her bewegt.

»Spielt mit eurer Haltung und geht tief in die Hocke!« Catherine zeigt es uns und bei ihr sieht es cool aus. »Wer eine Challenge für sein Gleichgewicht möchte, der positioniert das Board quer über der Rolle«, spricht sie weiter. Anne demonstriert es. Ich schiele zu den anderen. Sie kriegen das problemlos hin. Catherine korrigiert meine Haltung und fordert mich auf, mehr in die Hocke zu gehen.

»Geht tiefer nach unten. So tief wie in einem Barrel.«

Natürlich habe ich keine Ahnung, was ein Barrel ist. Allen scheint das klar zu sein, also frage ich nicht nach. Wie ein Schnupperkurs kommt mir das nicht vor.

»Für diese Übung ist Folgendes wichtig: Geht so tief wie möglich in die Hocke und setzt die hintere Hand auf das Board ab. Das hintere Bein liegt auf dem Brett. Stellt euch vor: Die Welle bricht nun über euch und ihr konzentriert euch auf das Ende des Tunnels. Das funktioniert in einer Normalposition oder quer auf dem Brett.«

Häh, was? Catherine kommt erneut zu mir. Sie seufzt, korrigiert erneut meine Haltung und zeigt es mir noch einmal. Sie läuft um uns herum und spricht etwas von Noseride. Anne stellt sich auf die Spitze des Bretts, die Rolle liegt darunter, während der restliche Teil vom

Brett in der Luft schwebt. Mir reicht es. Also beim Zirkus wollte ich nicht mitmachen! Dann läuft Anne rückwärts von der Spitze des Boards zum Tail, wie Catherine es nennt und faselt dabei etwas von Boardwalk. Bei Anne sieht es tatsächlich wie ein Spaziergang aus. Wie eine Zirkusartistin hält sie ihr Gleichgewicht und bewegt sich auf dem Brett hin und her. Ich stöhne. Wie zuvor kommt Catherine zu mir, sieht mich lächelnd, aber mit einem mitleidigen Blick an.

»Das erste Mal auf dem Brett, ja?«, fragt sie scheinheilig. Ich schaue sie an. Sie schaut mich an und wir beide wissen, dass dies mein letztes Mal ist.

Ich lächle zurück. Dumme Kuh.

Nach anderthalb Stunden gibt es eine Pause. Ich gebe vor, in die Cafeteria zu gehen und steuere stattdessen auf die Umkleidekabine zu. Dort ziehe ich mich so schnell wie möglich um, schmeiße den Anzug auf den Boden und eile mit meiner Tasche davon. Ich blicke nicht zurück. Als ich mich in Sicherheit wähne, atme ich durch und betrete das nächstgelegene Café, das sich als meine Rettung erweist. Es riecht herrlich nach frisch gebackenem Kuchen und Kaffee. Dort bestelle ich mir einen XXL-Cappuccino und Schokomuffin mit Sahne. Noch nie habe ich mich bei einer Sache so gedemütigt gefühlt wie in diesem Surfkurs. Nun, das stimmt nicht ganz. Da gab es andere härtere Kapitel an Demütigungen. Doch es ist das erste Mal, dass ich für das Gefühl der Niederlage auch noch bezahlen musste.

20

2. November 2022

Liebe Maike,
du bist in England und ich in Amerika. Schade!
Ich bin beruflich in New York und werde hier
noch eine Weile bleiben müssen. Lily ist bei
mir. Sie bereitet sich auf ein paar Prüfungen
vor. Sie studiert Jura, welch Überraschung.
Ich wollte dir viel eher schreiben, doch ich
habe keine Zeit. Ich bin im Dauerstress. Dieser
Prozess macht mich fertig und ich kann es
kaum erwarten, bis er vorbei ist.
Es tut mir sehr leid, was mit deinem Sohn
passiert ist. Ich wusste das nicht. Es ist kein
Trost, aber ich hätte mich bei dir gemeldet,
wenn ich das gewusst hätte.
Weißt du, was ich dir sagen wollte, als wir uns
damals am Flughafen getroffen haben und du
mir gesagt hast, dass du schwanger bist? Ich
weiß, dass du damals in einer festen
Beziehung warst, aber genau an diesem Tag
wollte ich dich fragen, ob du zu mir nach New
York kommst. Für eine Weile. Um zu sehen, ob
das mit uns klappt. Deine Schwangerschaft
war ein Schock für mich. An diesem Tag war
mir klar, dass ich dich in Ruhe lassen musste.
Ich habe das später noch besser verstanden,
als Lily geboren wurde. Kinder haben Priorität.
Vielleicht bringt es auch gar nichts, heute in
der Vergangenheit zu wühlen. Wichtiger: Was
bringt die Zukunft?
Ich denke an dich, Paul xoxoxo

Ich stehe auf und Henry, der gerade noch auf meinen

Füßen lag, erhebt sich lustlos vom Boden. Erneut lese ich die Zeilen:

Ich weiß, dass du damals in einer festen Beziehung warst, aber genau an diesem Tag wollte ich dich fragen, ob du zu mir nach New York kommst. Für eine Weile. Um zu sehen, ob das mit uns klappt.

Ich erinnere mich an jenen Tag, daran, wie glücklich ich war. Im Bad, als ich den Test machte. Dann am Flughafen. Ich weiß auch, dass ich mich immer für das Kind entschieden hätte, egal, was mir Paul damals versprochen hätte. Dennoch habe ich das Gefühl, dass diese Nachricht gerade mein Leben verändert. Nie hat er auch nur einen einzigen Schritt in meine Richtung gemacht. Nie etwas gesagt. Was er will oder denkt. Ich weiß nicht, ob ich über seine Nachricht glücklich oder wütend sein soll. Warum hat er nie etwas in all den Jahren zu mir gesagt? Und warum jetzt?

21

Berlin, 10. Mai 2004

Ich sehe Paul von Weitem. Seine Haare sind kürzer als sonst und in dem Anzug und mit Aktenkoffer sieht er seriös aus. Ein schöner Mann. Das fand ich schon immer.

Eine Stunde hat er Zeit, dann muss er weiter. Das hat er mir vorher gesimst. Er ist immer unterwegs, nie an nur einem Platz. Will er nie zur Ruhe kommen und einmal ein normales Leben führen, Familie, Kinder haben? Kinder. Ich fasse es nicht. Der Test war tatsächlich positiv. Sebastian und ich kennen uns nicht einmal ein Jahr, aber anders als Paul ist er der sesshafte, bodenständige Typ. Ich will Kinder. Sebastian will Kinder. Also haben wir beschlossen, es darauf ankommen zu lassen und es hat geklappt.

Ich muss es Paul sagen.

»Du siehst hübsch aus. So frisch«, sagt Paul und küsst mich auf die Wange. Seit ich mit Sebastian zusammen bin, haben wir uns nicht mehr gesehen. Ein paar Nachrichten per Handy; das ist alles.

»Und du müde. Stress?« Er nickt und deutet auf die Bar, gleich neben dem Check-in. Wir setzen uns. »Für mich bitte nur ein Wasser.« Vor ein paar Monaten wäre ich überglücklich gewesen, ihn zu treffen. Doch heute ist alles anders. »Wohin fliegst du?«

»Nach Zürich.« Paul spielt mit dem Bierdeckel. »Schön, dich zu sehen. Unsere Verabredung ist kurzfristig. Ich weiß. Aber ich wollte dich unbedingt sehen.«

»Paul.« Ich schaue ihn an. Er nippt an seinem Martini. »Ich bin schwanger.«

Er verschluckt sich und stellt das Glas ab. »Wow.«

Ich lächle. »Ich weiß es erst seit heute Morgen.«

»Dann ist das mit deinem Freund also was Ernstes.«

»Ich glaub schon.«

»Es kommt überraschend.«

»Ich bin nicht mehr zwanzig wie damals.« Ich lache.

»Ich wollte immer Kinder.« Wir reden über die Zeit in Wrightfield, als wir über unsere Träume sprachen. »Du wolltest immer nach New York und Anwalt sein. Ich wollte eine Familie haben. Es ist gar nicht überraschend.«

»Und die Schauspielerei?« Er sieht mir in die Augen.

»Ein Hirngespinst von mir. Ich will nicht mehr träumen. Wie gesagt, ich bin keine zwanzig mehr.«

»Träume sind wichtig, Maike. Menschen gehen, aber die Träume bleiben.« Er sieht mich traurig an, fährt mir über die Hand.

Ich drücke seine kurz und lasse sie wieder los.

Dann steht er abrupt auf. »Mein Flieger geht. Ich muss los. Ich wünsche dir alles Gute.« Er streichelt zärtlich meine Wange. »Ich melde mich, Berliner Mädchen.« Dann dreht er sich um und macht kehrt. Was mir bleibt ist sein Rücken und sein schneller Schritt. Er blickt nicht wie sonst zurück. Ich fühle einen dumpfen Schmerz, aber auch Erleichterung. Wie eine Last, die von meiner Schulter fällt.

Ich streichle meinen Bauch. Zum ersten Mal ist Paul nicht das Wichtigste in meinem Leben und es fühlt sich gut an. Ich bleibe noch ein paar Minuten sitzen, trinke mein Wasser aus, starre aus dem Fenster auf die Flugzeuge. So oft wollte ich mit Paul mit, aber mein Leben ist hier. Hier in Berlin. Ich bekomme ein Baby.

22

Wrightfield, 4. November 2022

»Diese Schreibgruppe ist was für uns«, sagt Andrew und tippt mit dem Finger auf den Bildschirm. »Sie treffen sich jeden Freitag um 16 Uhr. Schon in zehn Minuten. Na, bist du spontan?« Andrew schaut mich erwartungsvoll an. Seit zwei Tagen denke ich an nichts anderes als an Pauls E-Mail. Ein wenig Ablenkung täte gut. Kreatives Schreiben habe ich noch nie ausprobiert und der Vorsatz für mein neues Leben lautet: Handeln, statt dumm in die Luft zu starren.

Henry sieht uns mit seinen traurigen Spaniel-Augen nach, als wir das Haus verlassen und Richtung Meer laufen. Stolz trage ich meine Wellingtons und meine Regenjacke, die ich ein paar Tage zuvor in einem Secondhandladen ergattert habe. Ich fühle mich wie eine Einheimische, auch wenn mir Andrew versichert, dass Engländer und Engländerinnen keine Gummistiefel tragen würden. Auch trinke ich täglich meinen Yorkshire-Tea - mit Milch natürlich - oder bestelle in der Kneipe G&T, ausgesprochen als Gee und Tee. Die Erinnerungen an meine Studentenzeit kommen allmählich zurück. Ich spüre nicht mehr dieselbe Leichtigkeit wie früher, trotzdem nähere ich mich jeden Tag meinem alten Ich und hocke nicht grübelnd vor dem Kamin. Das Surf-Fiasko habe ich inzwischen verdaut.
    Es ist ein milder, bewölkter Herbsttag mit einer Brise Wind, nicht zu erkennen, ob die Wolken bleiben oder verschwinden und doch noch ein bisschen Sonne zum Vorschein kommt. Den Weg zum Workshop kenne ich. Innerhalb von fünf Minuten sind wir dort. Nach der

letzten Nachricht von Paul landete ich wie ein verlorenes Kind genau dort, wo der Schreibkurs gleich abgehalten wird. Das eigenartige Gebilde gab es damals während meiner Erasmuszeit nicht. Ein großer Komplex, flach, teilweise aus Glas, mit Meerblick von der Dachterrasse aus. Wie ein Klotz steht er mitten in der Landschaft. Auf der hinteren Seite sind Palmen, Pflanzen und Grünflächen angelegt und dort trank ich meinen Tee im Wintergarten ohne den Blick aufs Meer und den Trubel auf der anderen Seite, während ich mir über Pauls Worte den Kopf zerbrach.

Der Vorderbereich erstreckt sich zum Meer hin. Dort findet das eigentliche Treiben statt. Neben dem Eingang stehen draußen niedrige Sessel und Tischchen, eine Art Lounge, in der sich trotz November eine Gruppe aus vier Personen fläzt und sich angeregt unterhält. Zwischendurch greift eine junge Frau nach ihrem Cocktailglas und zieht wie bei einem Milchshake am Strohhalm. Daneben auf dem Durchgangsweg läuft ein Pärchen mit seinem Golden Retriever vorbei und ein schlechtes Gewissen überkommt mich, dass ich Henry zu Hause gelassen habe. Das Bild dieser Hundebesitzerin ist zu komisch: Als ob sie auf Wasserskiern stünde, zieht der Hund sein Frauchen und hetzt sie auf die andere Seite des Wegrandes, an der der Strand beginnt, um die vielen Steine und Muscheln zu beschnuppern.

Auf dieser Seite, die zum Strand zeigt, steht eine Terrasse mit dunklen Holzbänken und Tischen – sie gehört ebenfalls zum weitläufigen Coolwater-Gelände. An einem dieser Tische entdecke ich das Schild *Kreatives Schreiben*. Andrew flüstert mir ins Ohr, wie mega dieser Ort sei. Mir ist bewusst, was für ein komisches Paar wir abgeben: Andrew, fünfunddreißig Jahre jung, in seinem Hawaiihemd und mit blond gefärbten Haaren, während ich alte Kuh die touristentypische Berghaus-Outdoor-Kleidung trage. Ein Blick in die Runde bestätigt: Yup. Auch hier bin ich die Älteste.

Sally, die Kursleiterin, begrüßt uns und die anderen nicken uns zu oder heben kurz ihre Hand. Wir nehmen Platz.

In der Mitte des Tisches liegt ein Stapel Papierbögen und Kugelschreiber. Auf Sallys Anweisung nimmt sich jeder ein Blatt und einen Stift; nur die Frau neben mir hat ein rotes Notizheft vor sich liegen. Sie beteuert, nur mit ihrem Heft einfallsreiche Ideen zu bekommen, und ich nicke ihr beipflichtend zu. Zu meiner Erleichterung müssen Andrew und ich außer unseren Namen nichts sagen. Ich höre Sally zu und gucke dabei in unsere Runde. Vierzehn Leute nehmen teil, manche von ihnen sind unter dreißig. In englischsprachigen Ländern, las ich einmal, ist Kreatives Schreiben viel verbreiteter als bei uns und sehr beliebt als Studienfach.

Unsere Aufgabe heute besteht darin, ein Erlebnis aufzuschreiben. Wir sollen es möglichst so verfassen, wie es wirklich passiert ist, um es dann im zweiten Teil des Workshops als fiktiven Stoff in eine neue Geschichte einfließen zu lassen. Schreibende von fiktiven Romanen gäben nicht Reales eins zu eins wieder, beteuert Sally. »Ihr müsst erstens lernen, Dinge aus eurem Leben so zu verwandeln, dass Personen sich nicht wiederkennen, und zweitens, eure erlebten Emotionen zu Neuem zu verarbeiten.« Die Frau neben mir nickt mit dem Kopf. Für diese Aufgabe bekommen wir dreißig Minuten. Ich bereitete viel für meine Sendungen vor und textete Teaser, aber diese Art von Schreiben erinnert mich eher an den langweiligen Unterricht von meinem damaligen Deutschlehrer aus der siebten Klasse.

Ein Erlebnis. Wahrheitsgetreu. Mir fällt nichts ein.

DANIELA RECHT

Das Einzige, an das ich mich erinnere, ist der Urlaub mit Sebastian. Bevor das mit dem Baby war und wir noch unbeschwert verreisten. In die Türkei. Wir machten einen Ausflug in die Altstadt von Istanbul und aßen so viel von der scharfen Sauce, dass ich es nicht mehr schaffte, ins Hotel zurückzukehren, und in die Hose machte. Ich erinnere mich an die vielen Treppenstufen, die ich hinaufhetzte, Schweißperlen im Gesicht und mit einer Hand meine Hose haltend, um das Unglück zu verhindern. Es war mir so peinlich damals. Diese Geschichte kann ich nicht aufschreiben. Ich blicke mich um.

»Leute, noch zehn Minuten.«

Alle kritzeln hastig auf das Papier, auch Andrew hat anscheinend die Muse überkommen. Ich schreibe *Hallo Susi* auf das Blatt und frage sie, wie es ihr geht und dass ich sie vermisse. Dass es mir in Wrightfield gefalle, aber ich immer noch planlos herumlaufe und nicht wisse, wie ich mein Leben verbessern könne. Creative Writing ist es anscheinend nicht. Ich bin nicht auf Knopfdruck kreativ. Ich blicke hoch. Die Möwen schreien und fliegen über uns hinweg, als wollten sie so schnell wie möglich wegkommen von diesem Ort. Dunkle Wolken ziehen auf und Regentropfen landen auf meiner Nase. Ich strecke mein Gesicht zum Himmel empor, öffne den Mund und spüre die Tropfen in meinem Mund. Der Regen nimmt zu. Ein Mann steht auf, packt seine Sachen und sagt fluchend, warum der Kurs im November überhaupt draußen stattfinde. Die anderen packen ebenfalls ihre Sachen und rennen ins Coolwater. Ich bleibe regungslos sitzen und bestaune den Himmel. Der Regen riecht leicht erdig und hat etwas Befreiendes. Als ob er meine Sorgen einfach wegtrage, in eine andere Welt, das kalte Wasser wie eine sorgfältige Reinigung. Am liebsten würde ich in das Meer rennen, um dieses Gefühl noch intensiver zu erleben.

»Maike, komm schon. Was ist los?« Andrews Stimme holt mich zurück, er tippt mir an die Schulter und fordert mich auf, mit ihm und den anderen reinzugehen. Ich erhebe mich und watschele ihm hinterher. Die anderen sitzen längst wie fleißige Schüler an dem langen Tisch, den der Kellner blitzschnell für uns freigemacht hat. Schweigend schreiben sie weiter. Sally tippt auf ihrem Handy herum, beachtet uns nicht. Dann ruft sie: »Stopp. Die Zeit ist um, Leute.«

Ich blicke auf mein Blatt: ein halb fertiger Brief an Susi und eine in Bleistift gezeichnete Möwe am Papierrand. Dann sollen wir alle Blätter in die Mitte legen, worauf Sally diese vermischt und uns eine beliebige Geschichte zuteilt. Ihre Augen bleiben an mir heften und sie bittet mich als Erste vorzulesen. Ich schlucke. Alle Augen richten sich auf mich. Andrew grinst mich blöd an. Ich stelle mir vor, dass ich in meinem alten Studio sitze, dunkel, alleine, vor mir nur das Mikrofon, und ich auf einen der zahlreichen Knöpfe, die ich blind bedienen kann, drücke. Klick. Ich zaubere die Gruppe weg und beginne zu lesen. Ich höre meine Radiostimme, lese ruhig und konzentriert vor. Die Geschichte, witzig und optimal pointiert, ist von jemandem, der sein Handwerk versteht. Es gibt einen lustigen Dialog zwischen einem Mann und einer Frau und ich passe meine Stimme den Personen an. Die Frau bekommt eine nervige, schrille, während der Mann sich brummend über seine Partnerin aufregt. Ich gucke kurz in die Runde und sehe lachende Gesichter. Meine Hände schwitzen, aber ich fühle mich gut. Als ich fertig bin, klatschen alle. Andrew zwinkert mir zu. Den Rest des Kurses über lausche ich den Geschichten nur mit halbem Ohr. Wie in einem Rausch sitze ich glücklich auf meinem Stuhl, spüre das warme Gefühl in meinem Bauch. Nach der letzten Geschichte verabschiedet sich Sally von uns. Bevor sie den Raum verlässt, drückt sie mir einen Flyer in die Hand und sagt freundlich: »Vielleicht ist das was für dich. Meine Freundin arbeitet beim Film und braucht noch ein paar Leute.«

Statist 'innen ab 30 für internationalen Film gesucht. Auch kleine Rollen mit Text zu vergeben. Voraussetzung: Keine. Casting findet am 6. November 2022 um 15 Uhr im Coolwater in Wrightfield statt.

23

Wrightfield, 6. November 2022

Unruhig sitze ich auf meinem Stuhl, zapple mit meinen Füßen. Sehe die anderen Leute, die wie ich zum Casting gekommen sind. Anders als ich wirken sie gelassen, wissen, was sie tun. Aber weiß man, wie es in ihrem Inneren aussieht? Vielleicht ist das schon Teil ihres Aktes.

Die Welt geht nicht unter, wenn es nicht klappt. Seit über fünfundzwanzig Jahren mache ich das nicht mehr. Und doch weiß ich: Ein Teil von mir will es so sehr, dass es schmerzt. Dieses Verlangen wieder zu spüren, ist neu für mich.

Ich sitze im hinteren Teil des Coolwaters, im Wintergarten. Wie im Wartezimmer einer Arztpraxis hocken wir herum, wissen nicht, wann wir dran sind und was uns erwartet. Wo findet das Casting statt? Oben vielleicht? Wie viele Leute werden dort sein?

Mein Mund ist trocken und ich spüre ein mulmiges Gefühl im Magen. Wie immer, wenn etwas ansteht und bei mir die Nerven blankliegen.

Eine junge Frau kommt zu uns, stellt sich als Erin vor, sie sei hier für die Statisten zuständig. Ihre Aussprache klingt entzückend, ich erkenne den typisch irischen Akzent von der Westküste. Denselben hatte die Leiterin der Theatergruppe während unseres Erasmus-Jahres. Sie kam aus Galway. Eine inspirierende Frau und wir hatten so viel Spaß damals.

Erin drückt uns ein Skript in die Hand, bittet uns, es durchzulesen. Damit wir eine Idee hätten, worum es im Film gehe. Sie zwinkert uns dabei zu. Der Regisseur

werde jede Minute eintreffen. Der Regisseur. Meine
Hände schwitzen. Ich schließe meine Augen und sehe
einen mageren Mann mit dunkelbraunem Haar und
dicken Augenbrauen vor mir. Er grinst und eine Lücke
zwischen den oberen zwei Vorderzähnen kommt zum
Vorschein. Er nennt meinen Namen und ruft mich auf die
Bühne. Er sitzt in der ersten Reihe, allein, seine Kollegen
hinter ihm, und er hat die Beine übereinandergeschlagen,
den Blick auf mich gerichtet. »Fang einfach mal an.«

24

Berlin, 15. Oktober 1993

»Ich kann das«, sage ich laut vor mich hin, während ich in meinem Kaffee rühre und mit dem Milchschaum spiele. Fabian hasst es, wenn ich seine Espressomaschine benutze, denn ich habe sie schon einmal kaputt gemacht. Er pennt noch, kommt normalerweise erst um zwei oder drei Uhr vom Radiosender nach Hause, und heute brauche ich den stärksten Kaffee, den es gibt. Seit Wochen bereite ich mich auf diesen Tag vor und endlich ist es soweit: das Vorsprechen für die Schauspielschule. Kein Kindertheater in der Grundschule. Keine Theater-AG auf dem Gymnasium oder Work-Shops in England. Heute geht es um alles. Um meine Zukunft.

Ich mache mich fertig. Ein letzter Blick in den Spiegel und dann marschiere ich los. Mit zügigen Schritten erreiche ich das Gebäude, das trotz der tristen, abgebröckelten Außenfassade etwas Stolzes innehat. Über der massiven Tür steht in grauen Buchstaben:

Berliner Schauspielbühne
Ohne Theater keine Gleichheit, Freiheit, Leben!

Jawohl. Mit entschlossenem Gesichtsausdruck drücke ich die Klinke nach unten und öffne die zentnerschwere Tür mit aller Kraft. Dann stehe ich allein in der großen Eingangshalle und die Ehrfurcht, die ich bei meinem ersten Besuch verspürte, überkommt mich erneut. Keine Seele weit und breit. Wie kann das sein? Ich schaue auf meine Uhr. 8.57 Uhr. Perfekt, nicht zu spät. Susi würde den Kopf schütteln und mir den Vogel zeigen. Denn sie

71

wäre eine Stunde vorher da. Drei Minuten habe ich noch. Ich weiß, wo ich hinmuss. Ich gehe die Treppe hoch, da huscht ein blondes Mädchen in das Zimmer hinein, das auch mein Ziel ist. Dann stehe ich selbst davor: *Aufnahmeprüfung. Bitte leise sein!*

Mein Herz pocht. Schweiß hat sich über meiner Oberlippe gebildet. Die Null hängt schief, aber das ist kein schlechtes Zeichen. Fünfzig wird ab jetzt meine Glückszahl. Ich atme tief ein und aus, dann gehe ich rein und setze mich zu den anderen Bewerbern in die letzte Reihe. Dort gibt es noch freie Plätze, alle anderen sind besetzt.

Das blonde Mädchen sitzt eine Reihe schräg links vor mir. Sie hat eine perfekt gerade Nase. Als sie sich umdreht, lächelt sie mich an. Ich lächle zurück.

Mein Magen grummelt. Es ist nicht der Hunger, sondern die Nerven. Jetzt fahren sie Achterbahn.

Peter, der Direktor, ein Mann mit schütterem Haar um die sechzig, hält eine kurze Begrüßungsrede. Dann übernimmt Matthew. Ein jüngerer Typ Anfang dreißig und einer der Schauspiellehrer hier. Er erklärt uns den heutigen Ablauf, sagt, dass wir einzeln aufgerufen würden und sie ganz bewusst alle Leute im Raum behalten wollen. Wer diesem Druck nicht gewachsen sei, habe hier nichts verloren. Wenn wir unseren Namen hören, sollen wir nach vorne kommen und uns kurz vorstellen.

»Nicht die ganze Lebensgeschichte bitte«, fügt er hinzu und ein Lachen geht durch den Raum. »Nur kurz den vollen Namen, Alter und welche Erfahrungen ihr schon habt, okay. Let's get started, guys.«

Er kommt aus England, ein Londoner wie Paul! Ein Wink des Schicksals. Auf einmal entspannt sich mein Magen. Paul hat mir gestern am Telefon von Australien aus alles Gute für heute gewünscht.

Seit Wochen feile ich an meinen Monologen und kann sie im Schlaf. Ich schaffe das. Sogar Susi, die sich fürs Theater nicht die Bohne interessiert, findet mich mittlerweile richtig gut. Anders als meine anderen Freunde, geht Susi hart mit mir ins Gericht. Daher bedeutet mir ihr Urteil besonders viel.

Dann geht's los. Das erste Mädchen geht nach vorne, stellt sich wie aufgefordert kurz vor. Matthew sitzt in der ersten Reihe, seine Kollegen und Kolleginnen mit Stift und Heft dahinter. Das Mädchen spricht ihre zwei Monologe, die Juroren notieren eifrig. So geht es eine Weile. Eine Person geht, eine andere kommt. Es ist ein bisschen wie Akkordarbeit in einer Fabrik bei mindestens hundert Bewerbern. Matthew betont zwischendurch immer wieder, dass sie nicht den ganzen Tag Zeit hätten und unterbricht einige Szenen. »Genug, danke. Next.«
Natürlich fragt sich jeder im Raum, ob das ein gutes oder schlechtes Zeichen ist. Weil ich aber darüber gelesen habe, dass das bei Vorsprechen gang und gäbe ist, lasse ich mich davon nicht verrückt machen. Und ehrlicherweise finde ich manche von ihnen nicht einmal so gut.
Dann ruft eine Frau aus der Jury meinen Namen. Ganz ruhig. Das packe ich. Konzentriert schreite ich nach vorne. Ich achte auf meine Haltung, wende meinen Kopf zum Publikum und zur Jury. Ich stelle mich kurz vor. Meine Stimme klingt klar und kräftig.
Ich erwähne den Namen Wrightfield, Matthew unterbricht mich. »Warum bist du nicht in die City gegangen? Wer es zu etwas bringen will, muss in die Großstadt: London, Paris, New York.« Ich bin perplex, weiß nicht, was ich darauf antworten soll. »Mir hat Wrightfield gut gefallen«, murmele ich und blicke auf den Boden.

»In diesen, how do you say, Kaffs lernt man nix. Reine Zeitverschwendung.« Er seufzt. »Fang einfach mal an.«

Meine Hände schwitzen. Sämtliche Freude, die ich noch vor einem Moment spürte, ist verschwunden. Ich fühle mich unwohl, will weg. Warum ist er so? Ich habe ihm doch nichts getan. Ich denke an etwas Schönes, wie immer, wenn ich mich in einer Stresssituation befinde, sortiere meine Gedanken. Normalerweise sind das Bilder von der Pfaueninsel, auf der mein Onkel Ernst wohnt, oder bestimmte Szenen aus Theaterstücken. Heute funktioniert es nicht. Meine Konzentration ist dahin.

»Come on, girl!« Er blickt augenrollend auf die Uhr.

»Mein Stück ist von Teo Blaschke, Liebe Emma.« Ich räuspere mich. Ich blicke gerade aus nach vorne, blende die Anwesenheit aller aus, fange mit brüchiger Stimme mit meinem Monolog an. »Wer bin ich? Wohin gehe ich? Ich entsinne mich der richtigen Antwort nicht mehr.« Ich stoppe. Mein Gehirn vernebelt, die Worte kommen nicht. Ich öffne den Mund, aber da kommt nichts. Meine Hände und mein Rücken schwitzen und ich fühle genau so, was ich eben gesagt habe. Ich kann mich keiner Zeile mehr entsinnen. Matthew starrt mich gelangweilt an.

»Haben die dir dieses Theaterstück in Wrightfield empfohlen, ja?« Er lacht zynisch.

»Ich … ich …«

»Sorry, aber mach etwas anderes. Du gehörst nicht hierher. Nicht alle müssen Schauspieler werden.« Er wendet sich ab.

»What's the matter with you guys?«, murmelt er vor sich hin. »Next please.«

Ich bin wie in Trance. Matthews Worte dringen in meine Ohren, ich verstehe sie aber nicht.

»Ich bin nicht fertig. Ich bin mit meinem Monolog nicht fertig.« Ich hole tief Luft. »Die Zeit wird mir sagen,

was ich tun soll. Was ich ertrage. Hört nicht auf mich.«
»Next I said.«
Ich stehe wie angewurzelt da. Matthew macht eine Handbewegung Richtung Ausgang, fuchtelt in der Luft herum, als verscheuche er ein lästiges Insekt. Wie eine halbtot zertretene Fliege bewege ich mich mit letztem Atemzug zur Tür, nehme nichts und niemanden um mich herum wahr, mein Körper zittert, mein Mund ist trocken und die Knie sind weich - ich fühle eine Ohnmacht nahen. Als ich den Saal verlasse und die Tür hinter mir zufällt, klirrt es. Etwas ist heruntergefallen. Ich blicke auf den Boden. Die Null liegt dort. Ich bin eine Null. Ich allein habe das angerichtet. Das war's mit meinem Traum. Ich werde keine Schauspielerin.

Endlich kommen Tränen, sie befreien mich aus dem Schockzustand. Mit ihnen flüchte ich aus dem Gebäude, torkele, laufe, renne mit letzter Kraft, bis die Beine kapitulieren. Ich sinke auf einer Wiese zusammen und heule Ozeane. Bis kein Wasser mehr fließt.

25

Wrightfield, 6. November 2022

Noch heute überkommt mich eine Gänsehaut bei der Erinnerung meines Vorsprechens von damals. Wie hilflos ich vorne stand und mich an meine Textzeilen klammerte. Ich liebte dieses Stück und war so sicher, dass ich damit meinen Durchbruch landen würde. Wenn ich an jene Zeit denke, überrascht mich die Selbstsicherheit, die ich besaß. Für mich war klar, dass ich Schauspielerin werden würde, an eine Alternative hatte ich vor dem Vorsprechen nie gedacht.

Ich erinnere mich auch an die Wochen, Monate danach, die Hilflosigkeit, mit der ich vor mich dahinvegetierte. Von diesem Schmerz und der Demütigung habe ich mich nie mehr erholt. Nie kam es mir in den Sinn, dass ich einfach Pech hatte und zur falschen Zeit mit der falschen Person zusammengetroffen war. Ich war fest davon überzeugt, dass ich kein Talent und Matthew recht hatte.

Zeit heilt nicht alle Wunden. Hier sitze ich nun, schweißgebadet, ein Wrack, und weiß nicht, warum ich mir das wieder antue. Ich bin fast fünfzig und habe Angst zu versagen. Was, wenn es erneut einen Matthew gibt? Was, wenn er tatsächlich recht hatte und ich wirklich kein Talent habe. Ist es nicht auch zu spät für die Schauspielerei? Falls ich eine Rolle bekäme, was danach? Mit fünfzig hören die meisten Schauspielerinnen auf und fangen nicht an. Meine Mitbewerber und Mitbewerberinnen sitzen immer noch seelenruhig auf ihren Stühlen, lesen sich das Drehbuch durch. Ich blättere darin. Die Wörter verschwimmen vor meinen Augen. Jedes Wort lese ich zwei-, drei-, viermal. Ergibt alles keinen Sinn.

What's the matter with you guys?

Ja, was stimmt mit mir nicht? Ich stehe auf, lasse das Drehbuch auf den Stuhl fallen und verlasse den Raum.

Ich mache mich nicht wieder zum Affen. Dafür bin ich definitiv zu alt.

26

Wrightfield, 7. November 2022

Das Morgenlicht weckt mich. Denn die Vorhänge sind nicht wie sonst zugezogen. Aber das ist nicht der einzige Grund, weshalb ich wach liege. Der Lärm draußen schmerzt meine Ohren, er klingt wie hundert Zahnbohrer auf einmal. Die Arbeiter von der Baustelle; seit einer Woche fangen sie jeden Morgen in aller Frühe an. Neben mir liegt Andrew schnarchend mitsamt seinen Klamotten im Bett - unbeeindruckt von den Geräuschen draußen. Obwohl er nur ums Eck wohnt, hat er es nicht mehr nach Hause geschafft.

Ich stöhne. Mir brummt der Schädel und der Biergeruch löst bei mir einen Würgereiz aus. Ich vergrabe mein Gesicht im Kopfkissen, dann drehe ich mich auf die Seite. Szenen vom letzten Abend kommen zurück. Die Hilfe-WhatsApp an Andrew nach meinem Kneifen vor dem Casting. Bier. Viele Biere. Bis früh morgens. Erinnerungen, wie ich mich an das Treppengeländer klammernd nach oben geschleppt habe.

Warum habe ich das Casting nicht wenigstens probiert?

Mein vierbeiniger Mitbewohner sitzt neben dem Bett und sieht mich bittend an. Ich komme ja schon. Schwanzwedelnd folgt mir Henry nach unten, bereit für sein Morgengeschäft. Normalerweise gehe ich mit ihm an den Strand, heute lasse ich ihn mit schlechtem Gewissen in den Garten hinaus.

»Wir gehen später Gassi«, verspreche ich Henry hoch und heilig, während ich ihn mit mehr Leckerli als sonst füttere.

Die kalte Luft tut gut. Als ich die Tür zur Terrasse

schließe, entdecke ich eine ungelesene Nachricht auf dem Handy.

Ich besuche morgen eine Freundin in Wrightfield. Habe heute Neuigkeiten wegen deiner Abfindung bekommen. Mein Zug kommt um zehn Uhr an. Lust auf einen Kaffee oder Frühstück in der Nähe vom Bahnhof? George

Eine halbe Stunde habe ich noch. Nachdem ich George zurückgeschrieben habe, dass ich komme, eile ich ins Badezimmer und hüpfe unter die kalte Dusche. Das beste Mittel nach einer durchzechten Nacht. Danach sieht meine Haut ein bisschen rosiger aus. Trotzdem sieht man mir die letzte Nacht an. Am Hauseingang stülpe ich mir die Mütze über meine nassen Haare und mache mich auf den Weg zum Bahnhof.

Ich denke darüber nach, wie viel Glück ich habe, Andrew begegnet zu sein. Wie ein langjähriger Freund tröstete er mich, meinte, dass ich für das Casting noch nicht bereit gewesen sei, dass sich im Leben aber immer etwas Neues ergebe. »Du musst nur die Augen offenhalten und bei der nächsten Gelegenheit zupacken.«

Aber wie viele Möglichkeiten werde ich noch bekommen? In seinem Alter gibt es viele. Aber für mich?

Das Telefon piept: Eine Benachrichtigung von Paul!

Hey, alles in Ordnung bei dir? Ich habe deine Anrufe letzte Nacht verpasst. Bin noch beruflich in New York. Ich habe einen Käufer für die Kanzlei gefunden! Ich erzähle dir mehr davon, wenn ich wieder in London bin.
Paul xoxoxoxo

Mir fällt ein Stein vom Herzen. Weder habe ich eine

dumme Nachricht an ihn geschickt noch etwas Dummes
auf den Anrufbeantworter gesprochen wie von mir
befürchtet. Paul scheint immer im Stress zu sein.
Arbeitet er rund um die Uhr? Ich stecke das Handy
wieder ein, ich bin spät dran. Abgehetzt komme ich am
Bahnhof an. Laut Anzeigetafel ist Georges Zug aus
Reading bereits eingetroffen. Da ist er. Von Weitem sehe
ich seine dunkelblonden Haare, wie Ed Sheeran trägt er
sie verstrubbelt. Außerdem trägt er eine graue Baggy-
Jeans und ein langärmeliges dunkelgelbes T-Shirt mit
The Stone Roses drauf. Ich grinse. Wie ein Anwalt sieht
er nicht aus.

Er winkt mir zu. Unsere Umarmung ist etwas
unbeholfen. Ich drücke ihn zu fest, er zu zaghaft.
Eigentlich kennen wir uns nicht. Damals liefen wir uns
meistens nur in der WG über den Weg, wenn ich Paul
besuchte, oder saßen mit den anderen zusammen in der
Kneipe. Aus dem Kajak-Fahren wurde auch nie etwas.
Trotzdem hilft er mir jetzt. Anders als ich sieht er
ausgeschlafen aus. Falls ich ihn mit meinem Anblick
erschrecke, ist er Gentleman genug, um es sich nicht
anmerken zu lassen.

Wir setzen uns in das Café nebenan und bestellen zwei
Americano. Wie schon beim ersten Treffen vor weniger
als zwei Wochen kommt George gleich zum Punkt. Er
zeigt mir das Schreiben von Radio Süddeutschland. Die
Verantwortlichen wollen sich gerne außergerichtlich
einigen. Das sind brillante Nachrichten.

»Mein Vorschlag wäre, dass wir mehr rausholen, als
sie momentan gewillt sind zu bezahlen. Die Summe, so wie
es hier steht, ist meines Erachtens viel zu niedrig.«

Er sieht mich fragend an. Ich zucke mit den Schultern.

»Ich vertraue dir voll und ganz. Die einzige Sache ist
die, dass ich leider bald pleite bin.« Ich trinke von

meinem Kaffee.

Er nickt. »Normalerweise gehen Arbeitgeber auf die Forderungen der anderen Partei ein. Die können sich schlechte Publicity nicht leisten. Eine Angestellte, die mit fast fünfzig ohne jeglichen Grund rausgeworfen wird, ist keine gute Reklame für sie. Des Weiteren kann ich damit drohen, dass wir an die Öffentlichkeit gehen werden.« Er blickt mich mit entschlossenem Gesicht an.

»Was würde ich bloß ohne deine Hilfe machen.«

George winkt ab. »Keine große Sache. Mache ich gerne.«

»Warum bist du eigentlich heute hier? Wegen mir allein bestimmt nicht.« Ich grinse ihn an. »Hast du ein Date mit dieser Freundin?«

Er schüttelt den Kopf. »Isobel und ich besuchen einmal pro Monat das Kinderhospiz. Sie tritt dort als Clown auf. Sie macht das fabelhaft. Ich schieße nur Fotos für die Webseite und bin ein bisschen für die Eltern da.«

»Wow. Das ist großartig.«

»Naja, viel machen kann ich nicht.« Er lächelt verlegen. »Nur ein bisschen zuhören, wenn sie sich die Probleme von der Seele reden wollen.«

Ich bin beeindruckt. Gerne würde ich wissen, wieso gerade im Hospiz, aber irgendwie will ich George nicht zu nahetreten. Obwohl er sich mir gegenüber eigentlich ziemlich offen gibt, weiß ich nicht, wie viel er von sich preisgeben möchte. Dann entschuldige ich mich kurz bei ihm, da ich dringend wo hinmuss. Die Kopfschmerzen sind weg. Dennoch rumort es jetzt in meinem Magen. Das ist die Rache für den gestrigen Abend. Der scharfe Döner, den Andrew und ich um zwei Uhr morgens verdrückt haben. Ich bin wirklich zu alt, mir die Nächte um die Ohren zu schlagen. Ich sollte mehr wie George sein, denke ich mir auf der Toilette. Momentan benehme ich mich eher wie ein Teenager. Lächerlich. Ich schaue in den

Spiegel. Werde endlich erwachsen!

Als ich an den Tisch zurückkehre, sieht George betrübt auf sein Handy. »Isobels Babysitter hat gerade abgesagt. Jetzt muss sie bei ihrer kleinen Tochter bleiben und kann nicht mitkommen.« George guckt verzweifelt.

»Mach du doch den Clown. So wie Isobel normalerweise.«

»Ich kann das nicht. Ich hadere genug, als Anwalt vor vielen Menschen vor Gericht zu sprechen. Dabei bin ich mittlerweile einundfünfzig. Ich war nie wie Paul an der Uni. Der hat aus einem Referat immer eine ganze Show veranstaltet.«

»Aber als Clown bist du ja nicht du. Du schlüpfst nur in eine Rolle. Das ist anders.«

»Ich kann das nicht. Wirklich nicht.« Er spielt mit dem Löffel, bewegt ihn hin und her, sieht so hilflos aus wie ich bei diesem dummen Casting. Niemand sollte sich so fühlen.

»Aber ich.« Habe ich das gerade gesagt?

George stoppt, legt den Löffel auf die Seite.

»Ich spiele den Clown. Ich brauche nur ein Kostüm.«

Jetzt kommt neuer Glanz in Georges Augen. Er dreht sich um und holt eine große rote Nase aus seinem Rucksack, setzt sie mir auf.

»Steht dir ausgezeichnet.« Er lacht. »Das ist wirklich nett, dass du das für mich machst. Für die Kinder«, korrigiert er sich hastig.

Eine Stunde später stehe ich in Clownskostüm und Schminke im St. Alfreds Kinderhospiz. Zwanzig Augenpaare aus zarten, blassen Gesichtern starren mich an. Fünf Kinder im Alter zwischen sechs und acht Jahren sitzen in einem Rollstuhl. Drei von ihnen hängen an einem Infusionsschlauch. Die anderen auf den Stühlen

warten Füße zappelnd darauf, dass es endlich losgeht.
Wir sind viel zu spät.

Ich rücke die gelbe Nelke in meinem Haar zurecht und
fahre mit meiner rechten Hand über die grüne
Strickjacke. Darunter trage ich ein kurzes Blumenkleid
und quer über den Körper geschnallt eine braune,
löchrige Cord-Handtasche. Die übergroßen knallgelb-
roten Stiefel sind das I-Tüpfelchen meiner Verkleidung.
Ich wollte schon immer als Clown auftreten. Es kann
losgehen. Alles passt. Nur die Plastiknase juckt.

Ich sage das laut zu den Kindern und sofort lachen sie.
Ich watschele zu einem Jungen in der ersten Reihe und
frage ihn, ob er meine Nase kratzen könne. Er kichert
und reibt vorsichtig an meiner Nase. Als Dank hole ich
eine bunte Plastikblume hinter seinem Ohr hervor. Er
hält die Hand vor dem Mund und sieht mich mit seinen
staunenden Kulleraugen an.

Als ich zur hinteren Reihe laufe, stolpere ich und falle
hin. Die Kinder kreischen. Ein glatzköpfiges Mädchen
steht hastig auf, hilft mir vom Boden. Auch ihm zaubere
ich eine Blume hervor und bedanke mich. So verfliegt die
Zeit. Ich gebe ein paar Tricks, die ich in Workshops
gelernt habe, zum Besten, widme mich jedem einzelnen
Kind. Manche warten, dass ich etwas mache, andere rufen
ganz direkt, dass sie eine Blume oder einen anderen
Gegenstand von mir haben wollen. George folgt mir,
knipst seine Bilder.

Als wir ein wenig abseits von den Kindern stehen,
beugt er sich zu mir und flüstert mir ins Ohr: »Den
Kindern hier geht es im Vergleich zu den anderen in den
Betten weitaus besser. Sei bitte darauf vorbereitet, was
dich gleich erwartet, wenn wir zu den Zimmern gehen.«

Ich schreite vor das Publikum, verbeuge mich tief und
winke diesen Kindern zum Abschied zu, bevor wir durch

die Zwischentür schreiten, um ans Ende des Flures zu gelangen.
Mein Herz pocht. Ein wenig mulmig ist mir jetzt schon.
Das war der leichte Teil meines Auftritts.

Ich klopfe an die Tür. Ein zaghaftes »Herein« folgt. Ein kleiner weißer Kopf lugt zwischen zwei Kissen hervor, der Körper in Decke gehüllt. Ich frage das Mädchen, dessen Namen Marie ist, ob wir sie besuchen dürfen. Sie nickt und sieht mich neugierig an. Ich mache einen weiten Schritt nach vorn und will gerade in die kleine Trompete blasen, als sie sich auf einmal zur Seite dreht und in die Schale kotzt. Ihre Mutter bückt sich zu ihr, hilft ihr auf. Ihre knochigen Ärmchen hängen kraftlos herunter. Hilflos blicke ich zu George, der sich mit Maries Mutter unterhält.

Die Trompete ist zu laut. Der Gag mit der juckenden Nase unpassend. Mein Kleid sitzt auf einmal viel zu eng, die Strickjacke ist zu warm. Was soll ich tun?

Ich stecke das Instrument in die Tasche und lasse diese auf den Boden fallen. Mit meinen Fingern forme ich einen runden Gegenstand in der Luft, der einen Apfel darstellen soll. Ich hebe meine Augenbrauen, ziehe die Mundwinkel nach oben und fahre mit der Zunge über den Mund. So ein leckerer Apfel! Als ich in ihn beiße, plumpst er in meine Tasche. Ich gebe vor, dort den Apfel zu suchen, aber ohne Erfolg. Marie verfolgt jede meiner Gesten, jede Veränderung meines Gesichts. Ich laufe den ganzen Raum ab, gucke in alle Ecken, unter das Bett, unter ihre Bettdecke. Kein Apfel. Sie gluckst. Dann schiebe ich ihren Oberkörper sanft nach vorne, hebe ihr Kopfkissen und schüttele es. Mit hängenden Mundwinkeln blicke ich sie an. Dann ein Einfall! Ich beuge mich zu ihr, fasse hinter ihr Ohr und schwuppdiwupp hole ich einen glänzend roten Mini-Kunstapfel hervor, den ich

Marie schenke. Sie klatscht in die Hände.

Nach einer tiefen Verbeugung gehe ich Richtung Tür. Beim Herunterdrücken der Klinke höre ich sie sagen: »Bitte, lieber Clown, geh nicht.« George und Maries Mutter strahlen. Meine Knie hören auf zu zittern, die Anspannung verfliegt. Ich setze mich neben Maries Bett auf den Stuhl und erzähle ihr Geschichten, an die ich mich aus meiner Kindheit erinnere. Dabei halte ich ihre Hand in meiner. Bei meiner vierten Anekdote schläft sie mit einem Lächeln im Gesicht ein.

Auch ich habe eins auf meinem Gesicht und Zufriedenheit fließt durch meinen Körper, eine Zufriedenheit, die ich in dieser Form nie erlebt habe. Ich sehe dieses Kind vor mir, so zart, so zerbrechlich, und die Freude, mit der sie mir zugesehen und zugehört hat. Dieser Moment ist so kostbar, dass ich ihn für immer einprägen möchte. Wenn ich einem todkranken Kind das schenken kann, dann ist die Welt vielleicht nicht so schlecht und ich bin nicht so nutzlos, wie ich bisher angenommen habe.

27

Wrightfield, 10. November 2022

Ich denke permanent an sie. Sie gehen mir nicht mehr aus dem Kopf. Seit meinem Besuch im Hospiz bin ich ruhelos. Aber nicht, weil ich nicht weiß, was ich tun soll, sondern weil es jetzt glasklar ist. Die Kinder haben mich wachgerüttelt. Ich schließe mich einer Theatergruppe an. Es ist mir egal, ob ich zu alt, zu hässlich, zu schlecht oder sonst was bin. Ich habe keine Lust mehr, mir ständig Gedanken zu machen. Ich lebe jetzt! Alles andere ist egal. Die Grübelei und Unentschlossenheit gehören der Vergangenheit an; niemand, und schon gar nicht ich, kann mich aufhalten.

Ich stehe vor der Kirche, in der sich die Flying Hearts, wie sich die Theatergruppe nennt, jeden Donnerstagabend treffen: Ausgerechnet St. George's Church. Das ist ein gutes Zeichen. Ohne George wäre ich nicht hier. Nach unserem Besuch im Hospiz lud er mich als Dank in ein Restaurant ein. Auch war es sein Tipp, mich im Internet nach einer Theatergruppe umzusehen, nachdem ich zunächst nur Kurse für junge Leute gefunden hatte. Er ermutigte mich dazu: »Wenn du Spaß daran hast, solltest du das unbedingt machen. Du hast definitiv Talent.«

Jetzt bin ich hier und wie gesagt, niemand und nichts halten mich auf. Ich drücke die Türklinke nach unten, stemme mich gegen das gotische Tor mit der schweren Holztür, die plötzlich nachgibt. Ich stolpere nach vorne und falle hin. Zum Glück bemerken es die anderen am Altar nicht. Der Raum ist groß. Wie Arnold Schwarzenegger in Terminator scanne ich das Alter der Anwesenden: über dreißig, über zwanzig, über dreißig,

Mitte vierzig. Yes. Jung, zu jung, Mitte dreißig. Keine Fünfzigjährigen! Maike, hör auf. Mach dich nicht verrückt. Eine Brünette mit hochgesteckten Haaren blickt in meine Richtung und winkt mir auffordernd zu, zu ihr zu kommen. Ich erkenne in ihr Abbey, die Organisatorin, vom Foto aus dem Internet. Ich schreite nach vorne und stelle mich kurz vor, erkläre, woher ich komme.

»Nadja, freust du dich? Du hast Verstärkung bekommen.« Abbey spricht zu einer blonden Frau, die ich vorhin auf Mitte vierzig geschätzt habe. Sie lächelt mich an und spricht auf Deutsch zu mir: »Dit find ick knorke!« Eine Berlinerin wie ich! Ich grinse sie an, sie zwinkert mir zurück. Dann drückt mir Abbey ein Skript in die Hand. Nadja hebt die Hand, wie um sich zu verabschieden, und stellt sich zum Rest der Gruppe.

»Lane. Das ist dein Part. Er spielt nur im ersten Akt, aber es ist eine gute erste Rolle. Wir haben erst letzte Woche mit dem Stück angefangen, du hast nicht viel verpasst. Am besten machst du dich zuerst mit dem Stück vertraut.« Sie dreht sich um, geht ebenfalls zu den anderen, während ich alleine mit dem Blatt Papier auf dem Stuhl sitzen bleibe.

Ich kenne *The Importance of Being Earnest* von Oscar Wilde. Im zweiten Semester nahmen wir es durch. Es gehört nicht zu meinen Lieblingswerken von ihm. Aber gut, irgendwie muss ich ja anfangen. Während ich den Text überfliege, schiele ich zu den anderen. Sie proben bereits den Text, aber Abbey unterbricht immer wieder, korrigiert, verbessert und rückt die Schauspieler wie Schachfiguren nach vorne, hinten, rechts, links. Auch Nadjas Position ändert sie. Als Nadja ihren Text spricht, stoppt die Kursleiterin sie und trägt ihn selbst vor. Dann ist Nadja wieder an der Reihe. Dieses Mal macht Abbey ein zufriedeneres Gesicht. Die Berlinerin dreht sich zu mir, hält grinsend den Daumen nach oben. Manchmal braucht es wenige Worte, ich mag sie sofort. Mir wird klar, was mir in Wrightfield noch fehlt: eine Frau zum Quatschen.

Nach der Theaterprobe sitzen Nadja und ich wie zwei verloren geglaubte Freundinnen in der Kneipe. Wie ich lebt sie alleine in Wrightfield, denn ihr Sohn studiert in London. Mit Jacks Vater, einem Engländer, ist sie schon lange nicht mehr zusammen. Nicht einmal ein Jahr alt sei ihr Sohn gewesen, als er sie betrogen habe. Nadja winkt ab. »Dit is Schnee von jestern.«

Wir springen zwischen Gegenwart und Vergangenheit, mal erzähle ich ein Anekdötchen, dann sie. Wir sind beim zweiten Bier, als mir Nadja von ihrem Schauspiel-Studium erzählt. Mir bleibt vor Staunen der Mund offen.

»Was? Du hast wo studiert?« Ich glaub, mein Schwein pfeift!

»Det hab ick doch grad gesagt. An der Berliner Schauspiel-bühne.« Ich hake nach, frage nach dem Jahr.

»1993«, kommt es wie aus der Pistole geschossen zurück. Ich erzähle ihr von meinem Vorsprechen. Nun verschluckt sich Nadja an ihrem Bier und hustet. Ich klopfe ihr auf den Rücken, dann fährt sie fort. Sie erinnere sich an ein Mädchen, blass wie ein Gespenst sei es von der Bühne geflohen. Sie habe so großes Mitleid empfunden und sich oft gefragt, was aus ihm geworden sei.

»Ick dacht mir damals, der Matthew dit is'n Fatzke.« Dann fällt es mir wie Schuppen vor den Augen.

»Du warst die Blondine mit der perfekten Nase!«

Sie greift nach ihrer Nase. »Jut, die is ganz dufte!«

Wir lachen und stoßen über unser Wiedersehen nach fast dreißig Jahren an.

SPÄTAUFBRUCH

Nadja erinnert mich an mich selbst, als ich jung war.
Damals war ich wie sie: unbeschwert, kühn und keck. Ich
wäre gerne wieder so.

Als ich uns noch eine Runde bestelle, piept mein
Handy. Neugierig schaut Nadja aufs Display und fragt
nach Paul. So kurz, wie es geht, erzähle ich ihr unsere
Geschichte. Ebenso, dass wir uns noch nicht getroffen
haben, seit ich in England bin. Sie schüttelt den Kopf.

»Auwacka, dit is ja ein Ding! Nun mach doch was!«

Wo sie recht hat, hat sie recht! Wie lange sollen wir
uns noch E-Mail und Nachrichten hin und her schicken?
Mit schnellen Fingern tippe ich und drücke auf Senden.

> Du bist wieder in London. Keine Ausreden
> mehr. Paul, wir haben lange genug gewartet.
> Denkst du nicht, dass es an der Zeit ist, dass
> wir uns endlich treffen???
> Maike :D

28

Wrightfield, 12. November 2022

Henry und ich stehen an der Eingangshalle vom Bahnhof. Laut Anzeige ist der Zug aus London längst da. Ich halte Ausschau, weit und breit kein Paul. Mein Magen flattert. Ich habe einen bitteren Geschmack in meinem Mund, habe heute keinen Bissen runtergebracht. Wo ist er? Vielleicht habe ich ihn nicht erkannt? Ich bücke mich zu Henry und streichle ihn. Dessen Augen sagen: *Was ist jetzt? Wann fängt der Spaß endlich an?* Das wüsste ich auch gerne. Irgendwie warte ich mein ganzes Leben auf Paul. Früher schon und jetzt wieder. Er macht doch keinen Rückzieher. Oder?

Dann piept mein Handy.

Na, allet in Butta? Traumprinz schon in Sicht?

Ich will Nadja gerade zurückschreiben, da entdecke ich ihn. Er trägt einen hellgrauen Anzug. Die rechte Hand lässig in der Tasche, kommt er auf mich zu. Seine grauen Haare sind kürzer als auf den Fotos aus dem Internet. Er sieht immer noch verdammt gut aus. Mein Herz pumpt viel zu schnell. Gleich kriege ich einen Herzinfarkt.

Als Ablenkungsmanöver streichle ich Henry, wohin auch sonst mit den Händen. Es war eine gute Idee, ihn mitzunehmen. Bricht das Eis und liefert Gesprächsstoff, falls wir uns nichts zu sagen haben, meinte auch Nadja.

Henry zieht wie verrückt an der Leine, läuft schwanzwedelnd auf Paul zu, als ob er ihn schon seit Jahren kennen würde. Noch bevor ich den Hund zurückholen kann, springt er Paul an. Dieser lacht und streichelt ihm über den Kopf. Ich fordere Henry auf, sich zu setzen. Ziemlich schwierig, Kommandos zu geben, und dabei gleichzeitig attraktiv auszusehen.

»Das ist ja mal eine Begrüßung. Ich freue mich auch, euch zu sehen.« Paul steht vor mir, drückt mich fest an sich. Ich rieche sein Aftershave. Kühl. Frisch. Nach Minze und Meerwasser. So gut! Am liebsten würde ich so stehenbleiben. Als ich keine Anstalten mache, mich zu bewegen, räuspert er sich und wir nehmen Abstand voneinander. Er entschuldigt sich für sein Outfit, er sei gleich nach seiner Besprechung zum Bahnhof gefahren.

»Es ist so schön dich zu sehen, dachte schon, du kommst nicht mehr, Henry und ich warten eine gefühlte Ewigkeit. Mann, es ist so lange her, dass wir uns gesehen haben, ich fasse es nicht!« Sprich nicht so viel und so schnell, denke ich mir. Paul lacht nur. »Du hast dich überhaupt nicht verändert, Berliner Mädchen.«

Ganz selbstverständlich nimmt er meine Hand und wir laufen die Straße bergab Richtung Meer. Henry neben uns, als ob es uns schon immer als Dreiergespann gäbe. Ich schiele zur Seite, sehe Paul immer wieder an, er ist echt, es ist kein Traum. Paul und ich sind zusammen in Wrightfield. Wahnsinn!

Wir kommen am Strand an, laufen am Meer entlang. Keine Menschenseele, nur ein Verrückter schwimmt im eiskalten Wasser und das im November. Ich lasse Henry von der Leine. Er rennt hin und her.

Paul redet, ich rede. Meine Ängste, dass wir uns nichts zu sagen haben, waren unbegründet. Er erzählt von seiner Nebentätigkeit, erzählt, dass er einer rumänischen Familie helfe, sich in England niederzulassen. Auch erfahre ich, dass seine Tochter über Weihnachten bei seiner Ex-Frau bleibt. Er löchert mich mit Fragen, möchte alles über meine Pläne in Wrightfield erfahren.

»Ich spiele wieder Theater. Ich habe eine Gruppe hier gefunden. Und eine Freundin.« Er lächelt, streichelt meine Hand. Stundenlang könnte ich so mit ihm am Strand spazieren gehen und trotz des kalten Windes ist mir warm. Ich fühle mich wie damals, leicht und unbeschwert. Alle meine Sorgen sind weit weg. Nur dieser Moment zählt.

Paul möchte mir gerade mehr erzählen, da hören wir Schreie aus dem Wasser. Zuerst verstehe ich nicht, was los ist. Ich schaue Paul fragend an. Er hebt nur die Schultern. Ich sehe auf das Wasser. Der Schwimmende ruft uns etwas zu. Vielleicht braucht er Hilfe.

Ich blicke wieder zu Paul. Der guckt auf das Meer, versucht, wie ich, die Situation zu begreifen.

»Schuhe, meine Schuhe!« Der Fremde fuchtelt mit seinen Armen und zeigt in unsere Richtung.

»Shit. Henry hat seinen Schuh geklaut!« Paul läuft in seine Richtung. Dieser sieht Paul auf sich zukommen, bleibt stehen und guckt ihn an. Dann rennt er mit dem Schuh im Maul weg. Ich renne ebenfalls, versuche von der linken Seite aus, den Hund einzukreisen. Henry ist schneller. Er rast bis zur Mauer, springt mühelos drüber, und läuft weiter den Strand entlang. Paul hinter ihm her. Er springt ebenfalls über die Mauer, fällt hin, fasst sich an den Knöchel, rappelt sich wieder auf. Henry stoppt erneut vor ihm, guckt ihn schwanzwedelnd an, der Schuh immer noch in seinem Maul. Sein Blick sagt: *Kommt ihr jetzt oder nicht?*

Ich habe die beiden mittlerweile eingeholt und stehe jetzt wie Paul vor Henry, Paul ist jedoch näher an ihm dran.

»Maike, beweg dich nicht!« Paul streckt seinen rechten Arm nach vorne und bemüht sich, den Hund mit der Hand anzulocken. »Sei ein guter Junge, komm zu mir.«

Ich greife in meine Tasche und atme erleichtert auf.

SPÄTAUFBRUCH

Zum Glück: Henrys Lieblingskekse mit Speck. Ich reiche Paul einen und er hält diesen Henry vor die Nase. Als ginge er seine Optionen durch, wartet Henry einen Moment. Dann lässt er den Schuh fallen und tapst zu Paul und schnappt sich das Leckerli. Paul streichelt ihn, während ich den Hund schnurstracks an die Leine nehme und ihn zurechtweise.

»Das nenn ich mal ein Date!« Paul fährt sich durch die Haare und lacht. Als er den Schuh des Schwimmers aufhebt, bemerke ich sein schmerzverzerrtes Gesicht. »Mann, tut das weh. Ich glaub, ich bin beim Sprung umgeknickt. Ich sollte nicht wie ein Zwanzigjähriger herumhüpfen.«

Ich bitte Paul, seinen Schuh und Socke auszuziehen, damit ich mir seine Verletzung anschauen kann. »Au weia. Wenn das mal später keine dicke Schwellung gibt.« Ich halte kurz inne. »Halb fünf. Schöner Mist. Die Arztpraxen sind geschlossen. Dann ab mit dir ins Krankenhaus. Aber davor bringe ich dem Besitzer den Schuh zurück und diesen Übeltäter hier schleunigst nach Hause.«

Dreißig Minuten später sitzen wir in der Notaufnahme. Es herrscht eine Art Ruhe vor dem Sturm. In ein paar Stunden wird sich hier das gewohnte Chaos an einem Samstagabend abspielen, alle wissen das, und sind dementsprechend locker drauf. Paul witzelt mit der Dame am Empfang herum, füllt das Anmeldeformular aus. Er hat sich überhaupt nicht verändert, ist immer noch der alte Charmeur. Wie früher zieht er die Leute mit seinem Selbstbewusstsein und lockeren Art an. Auch mich.

Um die Wartezeit zu überbrücken, bringe ich uns Schokoriegel und Kaffee vom Automaten. Die schwarze Brühe schmeckt scheußlich, aber es ist mir egal. Wie früher fühle ich mich wohl, wenn Paul bei mir ist. Wir lachen, als wir uns noch einmal die Szene mit dem Schwimmer und Henry am Strand in Erinnerung rufen. Andere Patienten sehen uns interessiert an, so nach dem Motto: Ihr habt ein bisschen zu gute Laune für diesen Ort.

Gegenüber von Paul stelle ich einen Stuhl, auf den er seinen mittlerweile bläulich verfärbten Fuß hochlagert und halte einen Kühlpack, den mir ein Pfleger gereicht hat, auf die Schwellung.

Als ich in meinen Schokoriegel beißen möchte, höre ich jemanden meinen Namen rufen und drehe mich um. George ist auch hier! Er begrüßt mich lächelnd, blickt zu Paul, dem er kurz zunickt.

»Hey, Kumpel. Was verschlägt dich hier ins Krankenhaus?« Paul freut sich über das spontane Wiedersehen. »Wann haben wir uns das letzte Mal gesehen? Eine Ewigkeit her.«

»Ich hole Isobel ab. Sie arbeitet hier. Wir müssen was fürs Hospiz planen. Das Treffen für Ehrenamtliche findet nächste Woche statt. Du kommst doch, oder, Maike?«

»Maike ist meine Privatkrankenschwester und kümmert sich gerade ganz intensiv um mich. Nicht wahr?« Paul grinst mich an.

Ich nicke. »Klar, komm ich.«

»Was für ein Treffen?« Paul sieht George und mich an.

»Ich bin eine der Klinik-Clowninnen für die Kinder im Hospiz. Letztes Mal bin ich für Isobel eingesprungen und möchte jetzt fest im Team arbeiten.«

»Das ist echt genial. Aber auch sicherlich traurig, oder?«

»Naja. Es ist nicht immer alles so rosig auf der Welt.« Georges Miene wirkt finster. »Maike hat das ganz wundervoll gemacht und die anderen im Krankenhaus freuen sich über ihr Engagement. Marie hat nach dir gefragt.«

»Ich werde sie kurz besuchen, wo ich schon einmal hier bin. Wenn Paul zum Röntgen geht.«

»Wir können gerne nachher gemeinsam zu ihr gehen.« Paul streichelt meine Hand.

George räuspert sich. »Ich muss dann mal. Isobel hat schon Feierabend.« George dreht sich zu mir. »Wir telefonieren, ja? War schön, dich zu sehen. Gute Besserung, Paul.« George hebt seine Hand zum Abschied und dreht sich um.

»Melde dich bei mir, dann gehen wir was in London trinken. Gut, dich zu sehen, Alter«, ruft Paul ihm hinterher.

Als George weg ist, blickt Paul mich an. »Hat sich gar nicht verändert, unser lieber George. Immer noch so ernst wie früher.«

Ich werde das Gefühl nicht los, dass etwas zwischen den beiden vorgefallen ist. Sie waren nie beste Freunde, aber immer respektvoll und kameradschaftlich zueinander. Warum war George heute Paul gegenüber so feindselig? Und warum hat George mir nicht gesagt, dass er in Wrightfield ist? Er hätte mir Bescheid geben können.

29

Wrightfield, 13. November 2022

Kein Traum. Es ist die Wirklichkeit. Paul hat bei mir geschlafen. So wie früher. Nun gut, es ist nicht das passiert, was wir beide vorhatten. Anfangs haben wir uns wie in alten Zeiten stürmisch geküsst und als es dann ernst wurde, hat es ganz doof seinen verletzten Knöchel erwischt und das war's dann. Mit schmerzverzerrtem Gesicht hat er sein starkes Schmerzmittel vom Krankenhaus geschluckt und sich an mich gekuschelt. Mit einem anderen Mann hätte die Situation rasch unangenehm werden können, aber Paul und ich haben darüber gelacht und waren uns einig, dass wir noch viele Gelegenheiten dafür hätten. Dann ist er ziemlich schnell weggedöst. Was soll ich sagen? Seine Nähe zu spüren, ihn nachts neben mir zu wissen, war unglaublich schön.

Wo ist er eigentlich? Ich taste mit der Hand das Bett ab, öffne meine Augen. Leer. Kein Paul. Wie, nur ein Zettel?

> Liebe Maike,
> ich muss nach London: Die Arbeit ruft. Es war
> wunderschön, dich wiederzusehen. Du hast so
> friedlich vor dich hingeschlummert, ich wollte
> dich nicht wecken. Hoffentlich sehen wir uns
> sehr sehr bald und holen einiges nach.
> Genieß deine Croissants
> Dein Paul xoxoxoxo

An einem Sonntag? Ich halte den Zettel in der Hand, ratlos, was ich davon halten soll. Ich hatte die Vorstellung von ein paar gemeinsamen Stunden, vielleicht ein kleiner Ausflug, naja, irgendwas. Aber so? Ich schlurfe in die

Küche, bringe die Espressomaschine in Gang, bin noch nicht ganz wach. Wir haben uns so lange nicht gesehen, da kann man doch die Arbeit sein lassen. Wenn er Arzt wäre und es einen Notfall gäbe, gut. Aber was muss er als Anwalt an einem Sonntag so Dringendes erledigen? Karrieremenschen habe ich nie verstanden. So habe ich Paul aber kennengelernt. Zuerst der Bachelor, dann drei Jahre lang das Studium an der Juristischen Hochschule in New York. Anschließend der Eintritt in Papas Kanzlei. Gut, das war nicht sein Traum, ich erinnere mich, Paul war am Boden zerstört, als er sich gewissermaßen verpflichtet fühlte, in die Fußstapfen seines Vaters zu treten. Dennoch scheint er sich gut damit arrangiert zu haben und finanziell hat er auf jeden Fall davon profitiert.

Gestern habe ich mich wie früher gefühlt. Geborgen und sicher. Aber jetzt erinnere ich mich auch an das andere Gefühl. Wie oft ich mehr von ihm wollte, immer auf ihn zulief, während er zögernd dastand und den Abstand zwischen uns vorgab: Bis hierher und nicht weiter. Habe ich wirklich wieder Lust auf so eine Beziehung? Habe ich Lust, mich immer Paul anzupassen und meine Bedürfnisse hintenanzustellen?

Ich greife nach meinem Buch, das auf dem Küchentisch liegt. Ich blättere darin und sehe den Eintrag von 2003. Sofort erinnere ich mich an die Emotionen, die an jenem Tag hochkamen: Wut. Traurigkeit. Enttäuschung.

30

Hamburg, 9. Dezember 2003

Paul steht mir im Hotelzimmer gegenüber und sieht mich erwartungsvoll an. Ich umarme und drücke ihn fest: »Das ist das tollste Geburtstagsgeschenk, das ich je bekommen habe. Danke, danke, danke.«

Er lacht und sagt, dass ich nicht übertreiben solle, schließlich seien es keine Karten für das Broadway Theater in New York. »Theater war immer deine Leidenschaft und du warst schon länger nicht mehr dort. Ich will dir eine Freude machen. Und vielleicht änderst du deine Meinung und probierst es doch nochmal. Du wärst eine großartige Schauspielerin.«

Manchmal denke auch ich an diese Möglichkeit und schiebe sie dann beiseite. Mit meinem Job beim Radio läuft es richtig gut. Warum sich also wieder diesem Stress aussetzen? Bewerbung an die Schauspielschulen schreiben, warten, Monologe lernen, um dann von irgendeinem Heini runtergemacht zu werden?

Nicht heute. Es ist mein dreißigster Geburtstag und ich will ihn mit Paul genießen. Wir waren nie zuvor zusammen in Hamburg, noch nie zusammen im Theater. Er ist extra dafür aus den Staaten angereist. Heute wird nicht nachgedacht.

Ich küsse ihn und frage, wie lange ich Zeit habe, mich schick zu machen. Zum Glück habe ich mein schwarzweißes Karo-Kleid eingepackt.

Im Fernsehen sah ich tausendmal den Sommernachtstraum und mit der Theater-AG führten wir ihn im Abi-Jahr auf. Aber im Theater im Publikum zu sitzen, ist ein völlig anderes Erlebnis. Wir sitzen in diesem wunderschönen Gebäude und ich bestaune die barocken Details wie die vielen vergoldeten Verzierungen und Säulen sowie liebevoll gestalteten Logen. Mein Bauch kribbelt. Seit ich denken kann, ist das Theater meine Welt. Wie sehr habe ich sie vermisst. Paul sitzt neben mir, schaut auf sein Handy, das er jetzt immer dabeihat. »Arbeit«, murmelt er und tippt schnell eine Nachricht. Susi hat sich neulich auch so ein Nokia besorgt und mir davon vorgeschwärmt. Ich mache mir nicht viel aus diesen Dingern und benutze meins nur, weil Paul mir eins geschenkt hat. Wenn ich mich an einem Ort wie diesem befinde, vergesse ich alles um mich herum und halte diesen einzigartigen Moment fest, sauge alles in mich auf, damit mir nichts entgeht.

Ich fühle mich wie eine Tochter, die nach langer Abwesenheit nach Hause zurückgekehrt ist.

Es wird dunkel. Der Vorhang geht auf. Paul steckt sein Handy in die Tasche und drückt meine Hand. Dass er hier neben mir sitzt, bedeutet mir viel. Vor allem, weil er in den nächsten zwei Stunden nichts verstehen wird. Er scherzte vorher noch, dass ich ihn wecken solle, falls er einschlafe.

Ich schaue gespannt nach vorne, besonders auf Puk, den ich zu Schulzeiten spielte. Als der Elf auf die Bühne tritt, bewege ich meine Lippen, jedes Wort sitzt noch, als ob wir gestern in der Schulaula Premiere gefeiert hätten. Ich gucke zu Paul. Er fängt meinen Blick, lächelt mich an. Ich flüstere: »Alles okay?« Er nickt.

Die Zeit bis zur Pause vergeht viel zu schnell. Fast enttäuscht stehe ich auf, reihe mich mit Paul in den Strom der anderen Zuschauer zur Eingangshalle, in der sich alle versammeln, um hastig etwas zu trinken und über das Stück zu sprechen. Während ich den Standpunkt vertrete, dass man beim Theater keine Pause

einlegen sollte, weil das den Sog, die Atmosphäre, störe,
meint Paul das Gegenteil. »So viel Text kann doch keiner
ver-arbeiten. Schon gar nicht auf Deutsch.« Er lacht.
»Außerdem brauche ich eine Erfrischung. Lust auf einen
Drink, Geburtstagskind?«

Ich nicke und Paul verschwindet in der Menschen-
menge, jeder quetscht sich durch zum Getränke-
ausschank. Ich stehe im Foyer herum, bin noch in der
Elfenwelt versunken und komme erst allmählich wieder
in der Wirklichkeit an. Ich betrachte den eleganten
Kronleuchter an der Decke und mustere die Besucher in
ihrer Kleidung. Die Männer tragen klassische Anzüge,
vorwiegend dunkle Farben, kombiniert mit einer
Krawatte oder Fliege. Die Frauen bewegen sich mit
Eleganz in ihren hohen Absätzen und vornehmen
Kleidern, manche haben auch schicke und moderne
Hosenanzüge an. Genau deshalb finde ich Theater so
einen magischen Ort. Man trifft sich und teilt diesen
einzigartigen, besonderen Moment miteinander.

Ich entdecke Paul, der mit zwei Gläsern Champagner
auf mich zukommt. Er ist blass.

»Du haust heute das Geld aber raus, oder?«, witzele ich.

»Ich habe leider schlechte Nachrichten. Ich muss
zurück. Sofort.«

»Was?« Ich verstehe nicht. Paul reicht mir das Glas
und fährt sich durch die Haare.

»Mein Vater hat mich gerade angerufen, seine Scheiß-
Kanzlei in New York. Er braucht mich.«

»Jetzt? Gleich? Aber der zweite Teil fängt doch gleich
an«, stammele ich.

»Es tut mir leid. Ich kann meinen Vater nicht
hängenlassen. Er hat schon genug am Hals mit der Kanzlei
in London. Er muss Stress vermeiden, sonst zittert er
wieder mehr und die Schmerzen nehmen zu. Ich muss ins

Hotel, meine Sachen holen und dann zum Flughafen. Natürlich bezahle ich das Zimmer und alles. Mach dir deswegen keine Sorgen. Ich möchte, dass du danach in ein nettes Restaurant gehst, ich bezahle das. Es tut mir so leid.« Er kippt sein Getränk herunter und holt zwei zerknüllte Geldscheine aus seiner Hosentasche, die er mir entgegenhält. Wie in Trance stecke ich sie ein.

»Es ist nicht deine schuld.« Ich schlucke den Kloß herunter.

»Ich mache das wieder gut, mein Berliner Mädchen. Ich verspreche es.« Er nimmt mein Gesicht in die Hand, küsst mich lange und innig. Dann macht er kehrt, winkt mir zu, bevor er zum Eingang hastet, während ich wie betäubt mit den anderen in den Saal hineingehe.

Ich setze mich hin, es wird wieder dunkel, der Vorhang geht auf. Meine Konzentration ist dahin. Ich versuche, mich wieder auf das Stück einzulassen, es gelingt mir nicht. Ist ja nicht seine schuld, sage ich mir immer wieder. Die zweite Hälfte des Stücks rauscht an mir vorbei, ich nehme die Figuren nur schemenhaft wahr und ärgere mich, dass ich meinen Sommer- nachtstraum nicht mehr genieße.

Dann steht Puk allein auf der Bühne. Als er auf seine schelmische Art meine Lieblingszeilen zitiert, in denen er um Applaus bittet, kullern mir Tränen über die Wangen.

Ich stehe auf und klatsche. Sei nicht so eine emotionale Ziege, sage ich mir. Reiß dich zusammen. Ich weiß nicht, ob ich wegen Shakespeare oder Paul weine, vielleicht beides. Puks Worte sind so stark und ich hingegen fühle mich so klein. Irgendwie läuft mein Leben in die falsche Richtung. Gleichzeitig frage ich mich, wie ich so denken kann, während ich vor zwei Stunden noch behauptet hätte, der glücklichste Mensch zu sein. Wie soll man bei diesem Wirrwarr an Gefühlen klarkommen?

Mit dem Menschenstrom verlasse ich den Saal. Hamburgs berüchtigte steife Brise weht mir um die Ohren. Auf Hotel habe ich keine Lust. Es ist mein Dreißigster. Andere Leute gehen gruppenweise ins nächstgelegene Bistro, während ich mutterseelenallein durch die Stadt irre. Alleine in eine Kneipe gehen und mich volllaufen lassen? Komm schon, ich lasse mir den Abend nicht vermiesen. Mit diesem Vorsatz öffne ich die Tür eines italienischen Restaurants, in dem kleine Tische mit einer klassisch rot-weißen Tischdecke stehen und im Hintergrund Albano & Romina Powers *Sempre Sempre* spielt, was absolut nicht zu meiner Stimmung passt. Aber essen muss ich ja und außerdem trommelt der Regen auf die Fensterscheiben und somit gibt es kein Zurück.

Ein Kellner weist mir einen Tisch zu, für den ich ihm unendlich dankbar bin. Denn das Lokal ist rappelvoll. Ohne Reservierung habe man normalerweise keine Chance, um diese Uhrzeit einen Tisch zu kriegen, versichert mir Luigi gutgelaunt. Ich war nie alleine in einem Restaurant. Aber warum eigentlich nicht? Ich erkunde die Speisekarte, bestelle mir ganz klischeehaft ein Piccolöchen zum Start und stoße auf mich an. Susis Geburtstagsnachricht, ein unscharfes Foto mit ihr und dreißig Luftballons, muntert mich auf. In diesem Moment begrüße ich den technologischen Fortschritt. Gleichzeitig gibt mir die Nachricht aber auch einen Stich, denn ich könnte jetzt bei ihr in Berlin sein oder bei Onkel Ernst, mit dem ich normalerweise meinen Geburtstag feiere. Ich lege die Speisekarte auf die Seite und bestelle mir eine sehr, sehr gute Flasche Wein und habe absolut kein schlechtes Gewissen, dass ich Pauls Geld verprasse. Wenn man vom Teufel spricht:

SPÄTAUFBRUCH

Ich fühle mich so mies wegen heute Abend.
War das Theaterstück wenigstens noch schön
und dein Geburtstagsessen?
In Gedanken bin ich bei dir – Paul xoxoxoxoxo

In Gedanken ist nicht genug, denke ich wütend. Auch wenn ich insgeheim weiß, dass er seinen Vater nicht im Stich lassen kann. Aber ich bin ja auch nur ein Mensch.

Luigi bringt mir die Flasche Barolo und lässt mich kosten.

»Vorzüglich, vielen lieben Dank.« Ich nicke und er schenkt das Glas halb voll ein.

»Gibt es etwas zu feiern?« Luigi grinst.

»Mich und meinen Geburtstag!«

»Meine herzlichsten Glückwünsche. Vielleicht nicht der richtige Zeitpunkt, aber hätten Sie etwas dagegen, wenn wir einen Herrn zu Ihnen setzen? Wir haben bedauerlicherweise keinen freien Tisch mehr.« Der Ober zeigt auf den Mann an der Eingangstür, der sich vor Kälte die Hände reibt.

»Heute ist sowieso alles ganz anders.« Ich spüre den Alkohol, versuche, einen klaren Kopf zu bewahren. »Warum eigentlich nicht.«

Luigi kommt nach einem Moment mit Begleitung wieder und weist dem Gast einen Platz an meinem Tisch zu. Dann verschwindet er.

»Danke, dass ich mich zu dir setzen darf. Draußen ist eine Eiseskälte und ich sterbe vor Hunger. Ich bin übrigens Sebastian. Der Basti.«

31

Wrightfield, 13. November 2022

An meinem dreißigsten Geburtstag schwor ich mir, dass in Sachen Beziehung alles anders wird. Denn mit Paul hatte ich nie eine normale Beziehung. Ich war immer für ihn da, immer auf Abruf, während er mich nur traf, wenn es ihm in den Kram passte. Auf diese Rolle hatte ich keine Lust mehr. Deshalb Sebastian. Er war das Gegenteil von Paul: bodenständig, fürsorglich und häuslich. Mit Basti hatte ich zum ersten Mal eine richtige Beziehung auf Augenhöhe. Zusammen wohnen, Pläne schmieden, über Kinder sprechen und Kinder haben. Das war schön, hatte aber einen gravierenden Haken: Ich liebte ihn nie wie Paul. Ich mochte die Idee, Sebastian zu lieben, weil er all das verkörperte, was ich mir wünschte.

Tausendmal habe ich mich gefragt, was ich an Paul so mag. Ich fühle mich geborgen mit ihm. Mit ihm ist es aufregend. Wir teilen jedoch nur Momente miteinander, kein Leben. Will ich das wieder? In sechsundzwanzig Tagen werde ich fünfzig.

»Was ist das bei dir? An runden Geburtstagen lernst du immer deine Männer kennen«, meinte Susi einmal scherzhaft zu mir. Sie hat recht. Paul lernte ich kennen, als ich zwanzig war. Basti mit dreißig. Torsten mit vierzig. Und jetzt?

Torsten half mir, als es mir nach Sebastian schlecht ging. Basti wollte tatsächlich ein zweites Kind und als ich das nicht wollte, ging es auseinander. Heute mache ich ihm keine Vorwürfe, denn er hatte ein Recht darauf, Vater werden zu wollen. Ich konnte es damals aber nicht. Lieber wäre ich wie unser erster Sohn gestorben, als noch einmal schwanger zu werden. Ich erinnere mich, als ich Max zum ersten Mal in meinen Armen hielt. So winzig und süß. Das war der glücklichste Augenblick in meinem Leben. Zwei Stunden später ist Max an Herzversagen gestorben. Und ich glaube, ein Teil von mir mit ihm.

Ich hasse Tage wie diese. Ein Gedanke jagt den nächsten. Mein Kopf droht zu platzen. Ich muss aufräumen, mein Leben in den Griff kriegen. Ich werde Torsten anrufen, ihm sagen, warum ich nicht mehr mit ihm zusammen sein kann. Er hat ein klärendes Gespräch verdient. Dann kommt Paul dran. Ich werde herausfinden, was das mit uns ist.

32

Wrightfield, 15. November 2022

Seit dem Telefonat mit Torsten fühle ich mich leichter. Die unklare Situation mit ihm hat mich belastet. Als Meisterin im Verdrängen habe ich das nur nicht gezeigt. Es tat gut, seine Stimme zu hören. Hoffentlich ging es ihm wie mir.

Susi wird meine Sachen in München abholen und zu den anderen auf den Dachboden stellen. Torstens Haus war nie meins, auch wenn ich mich dort wohl gefühlt habe. Geändert habe ich aber auch nie etwas an der Wohnsituation oder vorgeschlagen, etwas Gemeinsames mit ihm zu suchen. Insgeheim war uns beiden unsere Zweckbeziehung bewusst, die wir so lange geführt haben. Ich brauchte Torsten und Torsten wollte nach der Scheidung und dem Auszug seiner erwachsenen Söhne gebraucht werden. Dennoch haben wir uns auf eine merkwürdige Art geliebt. Aber ohne dieses Kribbeln im Bauch, eher ruhig und sanft.

Es gibt so viele verschiedene Formen von Liebe. Welche empfinde ich für Paul? Ist es die Vergangenheit, das Gefühl, das ich als junge Frau hatte, oder ist da mehr, gibt es eine Zukunft? Wenn ja, wie sähe diese aus? Brauche ich überhaupt immer einen Mann?

Paul und ich schreiben uns seit unserem Treffen witzige, belanglose Nachrichten. Aber reicht mir das? Ich seufze. Ich brauche eine Beschäftigung. Eine Arbeit. Diese Fixierung auf Paul nervt mich. Ich bin zu alt dafür. Susi und Nadja würden mir beipflichten, denn ich gehe beiden manchmal tierisch mit meiner Unentschlossenheit auf die Nerven. Susi kennt mich seit Jahrzehnten, von ihr bin ich es gewohnt, zurechtgewiesen zu werden. Doch auch Nadja hat mich schnell durchschaut, meinte neulich, dass ich so überhaupt keinen

Plan hätte, was ich eigentlich wolle.

»Aber ganz so naiv wie mit zwanzig bin ich nicht mehr«, sage ich laut zu Henry und streichle ihn. »Ein bisschen lerne auch ich dazu.«

Apropos Nadja. Die Theatergruppe fällt aus, schreibt sie mir mit einem traurigen Smiley.

> Ik würd ja gerne mit dir was trinken gehen, aber det geht nicht. Mein Sohn ist überraschend gekommen. Hat Schluss gemacht mit seiner Kleenen und steht jetzt quasi auf der Straße :(

Andrew hat auch keine Zeit. Er macht sich für eine Verabredung mit einer Kollegin fertig, auf die er schon lange ein Auge geworfen hat.

»Dann bleiben nur wir zwei Hübschen übrig. Hast du wenigstens Lust, mit mir rauszugehen?« Henry wedelt mit dem Schwanz und ich bin Mrs Robinson unendlich dankbar dafür, dass sie mir ihren Vierbeiner dagelassen hat, den sie vermisst, wie sie mir am vorherigen Tag per SMS mitteilte.

Im Regen laufen wir an Cafés und Kneipen vorbei, ich ziehe mir die Kapuze über. Hechelnd läuft Henry mit geducktem Kopf neben mir her. Ich bin auch müde, denn ich bin mit ihm den Strand entlanggelaufen. Die regelmäßige Bewegung verbessert meine Fitness. Viele Dinge - nicht nur Paul - finde ich richtig gut hier: Andrew, Nadja, die Theatergruppe, George, die Kinder im Hospiz, das Meer, die frische salzige Luft, der Wind, der mir um die Nase weht, und Mrs Robinsons Haus, in dem ich mich wie daheim fühle. Wie schnell ich mich an mein neues Leben gewöhnt habe. Gut, ich brauche eine berufliche Neuorientierung, aber der Abend ist so schön und ich bin optimistisch. Irgendetwas ergibt sich schon.

Ich mache vor dem Bell In halt. Musik dringt durch die offenstehende Tür der Kneipe. Ein Paar singt auf einer winzigen Bühne eine melancholische Ballade, die zu meiner Stimmung passt.

»Lust reinzugehen?«, frage ich Henry. »Die haben sicher Wasser für dich.«

In meiner Tasche befindet sich ein Zehn-Pfund-Schein. Für zwei Getränke reicht es. Schnell verdränge ich den Gedanken daran, dass meine Ersparnisse bald aufgebraucht sind.

Ich bestelle ein Bier und bitte die Dame hinter dem Tresen um eine Schüssel Wasser. Hunde dürften normalerweise nicht rein, wenn Musik gespielt werde, sagt sie, aber heute Abend mache sie gerne eine Ausnahme, weil die Musik so schön und nicht so laut wie sonst sei. »Wenn Georgie-Boy und Mary spielen, dürfen alle bleiben: Hunde, Kinder, was auch immer.« Die grauhaarige Frau lacht und reicht mir das Bier. Ich bedanke mich und setze mich an die Bar. Henry schleckt aus seiner Schüssel und breitet sich dann wie ein Teppich neben meinem Hocker aus und schließt die Augen.

Es ist beinahe dunkel, nur gedämpftes Licht erfüllt den Raum und außer dem Gesang und der Gitarre herrscht eine angenehme Stille. Niemand unterhält sich. Alle Köpfe sind auf die Bühne gerichtet, die Augen des Publikums folgen den Bewegungen der Performer. Der Musiker mit der Gitarre hebt den Kopf, sein Blick fällt in meine Richtung und mich trifft beinahe der Schlag: George! Was macht der denn hier? Er singt in das Mikrofon, während er auf der Gitarre spielt, als ob er das jeden Tag machen würde. Habe ich etwas verpasst?

Den Clown im Hospiz spielt er nicht, aber auf der Bühne vor all diesen Leuten performt er? Und wie gut er singt! Ich bin baff. Harmonisch sehen die beiden da oben aus und seine Begleitung ist wirklich hübsch. Sehr jung. Seine Freundin? Mir wird klar, wie wenig ich über ihn weiß. Mich wurmt es, dass er mir wieder nicht Bescheid gegeben hat, dass er in Wrightfield ist. Mag er mich etwa nicht? Die Idee, dass es so sein könnte, gefällt mir nicht.

Immer noch durcheinander bestelle ich mir ein zweites und letztes Bier, die Bühne im Visier haltend, damit mir ja nichts entgeht. Als das Lied zu Ende ist, klatschen die Leute, einer von ihnen pfeift und ruft: »Encore!«

George lacht. Er rollt die Ärmel seines Hemdes hoch und spricht ins Mikrofon: »Das ist unser letzter Song für heute Abend. Ich widme ihn einer alten Freundin aus Berlin.«

Grinsend sieht er in meine Richtung. Für einen Moment bin ich perplex, nippe schnell an meinem Bier. Gut, dass es dunkel ist. Ich grinse zurück. Seine Partnerin stimmt in eine wunderschöne Melodie ein, während George sie auf der Gitarre begleitet. Ein Mann sucht trotz Schwierigkeiten im Leben Trost und glaubt daran, dass ihm das Leben neue Wege zeigen wird. Für mich ist das ein hoffnungsvoller und schöner Text. Perfekt, um den Abend ausklingen zu lassen.

Als die Melodie verstummt, erheben sich George und Mary und packen ihre Instrumente in die Koffer. Stimmengewirr setzt indessen ein, als die Gäste ihre Gespräche wieder aufnehmen. Ich überlege, ob ich zu George gehen oder hierbleiben soll, entscheide mich zu warten und mein Bier auszutrinken.

Als ich das Glas fast geleert habe, steht er auf einmal neben mir.

»Heute nur mit Henry?« George setzt sich neben mich.

»Ich wusste nicht, dass du singst und Gitarre spielst.«

»War schon immer mein Hobby.« Er bestellt sich ein Bier. »Du auch? Ich lade dich ein«, fügt er schnell hinzu, als er mein Zögern bemerkt. Ich nicke.

»Möchte sich deine Freundin nicht zu uns setzen?« Ich schaue ihn gespannt an.

»Mary?« Er lacht. »Mary ist die Tochter von meinem Stiefvater. Abgesehen davon stehe ich nicht auf Zwanzigjährige. Was hältst du bloß von mir?« Er schüttelt ungläubig den Kopf.

»Gibt es eigentlich jemanden?« Heute hole ich ihn aus der Reserve. Ich kann es nicht ausstehen, wenn ich nichts von meinem Gegenüber weiß. Je weniger jemand von sich verrät, desto neugieriger werde ich. Das war schon immer so.

»In der Vergangenheit klar, es gab ein paar Beziehungen. Sie haben aber nicht gehalten. Entweder bin ich gegangen oder die Frauen.«

Ich mustere ihn. »Du bist doch ein toller Typ. Interessant, nett.«

Er lacht wieder. »Nett, danke. Das genau will ich hören.« Er trinkt aus seinem Glas. »Frauen stehen nicht wirklich auf introvertierte Männer.«

»Das stimmt doch gar nicht.«

»Nicht? Wie sieht es bei dir aus? Paul ist nicht gerade ein Beispiel an Introvertiertheit.« Nun blickt er gespannt zu mir.

»Du aber auch nicht. Du warst gerade auf der Bühne und hast gesungen. Richtig klasse übrigens.« Ich klopfe ihm auf die Schulter. »Frauen stehen auf Musiker, oder, sagt man doch immer?« Ich lache, als ich sein genervtes Gesicht bemerke.

»Themawechsel, bitte.« Er formt mit einer Handfläche und dem Zeigefinger der anderen Hand das Zeichen für Time-Out. Dabei lächelt er.

»Warum gibst du mir nie Bescheid, wenn du in Wrightfield bist?«

Er sieht mich erstaunt an. »Ich wusste nicht, dass dir das wichtig ist. Außerdem scheinst du ja momentan sehr populär zu sein.«

»Naja, ich dachte, wir wären so was wie Freunde.« Ich gucke ihn ernst an. »Ich mag dich.« Autsch. Das ist vielleicht zu viel Offenheit für ihn, das versiegelte Buch.

»Beruht auf Gegenseitigkeit.« Da ist es wieder, sein schüchternes Grinsen.

»Gut, dann ist das ja geklärt.« Ich proste George zu.

33

Wrightfield, 17. November 2022

Mit dem neuen Arbeitsplan in der Hand verlasse ich mit George das Krankenhaus. Ich bin nun offiziell eine Klinik-Clownin des St. Alfreds Kinderhospizes! Wir gehen die Straße hinunter, in eine Filiale von Sainsbury, in der wir ein paar Lebensmittel einkaufen. Zum Dank für alles, was George für mich getan hat, lade ich ihn zum Abendessen bei mir zu Hause ein. Es ist Zeit, ihm etwas zurück-zugeben.

»Spätestens um zehn Uhr muss ich aber den Zug nach Reading nehmen. Ich habe so viele Klienten, die auf mich warten. Ich verbringe momentan mehr Zeit hier als zu Hause«, sagt er und lacht. »Ich habe auch Nachrichten für dich.«

Ich sperre die Tür von Mrs Robinsons Haus auf, wobei Henry uns bellend begrüßt. Wir laufen in die Küche und packen die Einkaufstüten aus. »Sag schon, was für Nachrichten?« Ich öffne den Kühlschrank und stelle die Milch rein. »Ist das Geld vom Rundfunk da?«

»Da bin ich noch am Verhandeln, sieht aber gut aus. Es geht um eine andere Sache: Maries Eltern stecken in der Bredouille. In zehn Tagen brauchen sie eine Geburtstags-party, denn die Agentur, die sie angeheuert haben, hat ihnen heute abgesagt. Marie schwärmt so von dir und sie hätten gerne eine Art Kindertheater im Hospiz. Sie haben gesagt, Geld spiele keine Rolle.«

Ich lege die Pasta auf die Küchenablage. »In zehn Tagen? Ein ganzes Theaterstück? Ich? Allein?«

»Ich bin ja auch noch da.« George räuspert sich.

»Und Nadja! Eine Freundin aus der Theatergruppe. Sie ist eine richtige Schauspielerin. Und gelernte Masken- und Kostümbildnerin! Sie macht bestimmt mit.« Ich klatsche in die Hände. »Vielleicht spielt Andrew auch eine kleine Rolle!«

»Ich helfe dir bei der Musik. Mary eventuell auch.«

»Ich habe schon immer von einem Freien Theater geträumt. Weißt du, so ein Theater, das mit einem Wohnmobil unterwegs ist und dort hinkommt, wo die Leute nicht so viel Geld haben oder aus anderen Gründen nicht ins Theater können.« Auf einmal kommen mir so viele Ideen. Ich bin viel zu aufgeregt zum Kochen. »Seit 1991 gibt es in Deutschland den Bundesverband Freies Theater mit rund tausend Mitgliedern oder so. Ich werde später gleich mal recherchieren, wie das in England organisiert wird.«

George sieht mich an. Sagt kein Wort.

»Sorry, ich spreche wieder zu viel. Stimmt's? Aber du hast mich auf eine geniale Idee gebracht.« Ich gehe zu George, drücke ihm einen Kuss auf die Wange. »Du bist meine Muse.«

George lacht. »Ich hatte gerade ein Déjà vu. Wir auf dem Weg nach Hause. Und du hast die ganze Zeit über das Theater geredet und ich hatte keine Ahnung, von wem du sprachst.«

»Du hast gar nichts gesagt. Daran erinnere ich mich auch!«

»Dafür redest du umso mehr, Quasselstrippe.«

Ich nehme die Tomate aus der Einkaufstasche und werfe sie in Georges Richtung. Er fängt.

»Guter Reflex, Mr Shawn.« Ich grinse. »So, jetzt mach ich uns aber mal was zum Essen und dann setze ich mich hin und hecke einen Plan für meinen ersten Auftrag aus.«

34

Wrightfield, 20. November 2022

Jetzt ist es zu spät. Ich kann nicht mehr weg. Die Türen schließen sich und der Zug setzt sich in Bewegung. Ich stecke meine Fahrkarte in die Hosentasche. In einer Dreiviertelstunde bin ich in London. Kurz überlege ich, an dem Theaterstück für Marie weiterzuarbeiten. Dann entscheide ich mich dafür, einfach aus dem Fenster zu blicken und meinen Gedanken freien Lauf zu lassen. Eine tiefe Unruhe sitzt in mir und das Bedürfnis, Paul zu sehen, Dinge mit ihm zu klären. Er weiß nichts von meinem Besuch.

Schon seit dem Morgen bin ich nervös. Gegessen habe ich erst einmal nichts, stattdessen einen Spaziergang mit dem Hund gemacht. Aber anders als sonst, hat es die Unruhe nicht vertrieben. Ein Gefühl der Übelkeit im Magen ist geblieben, wie vor einer Prüfung, und es ist über den Tag immer stärker geworden. Egal worauf ich mich konzentrieren will, immer wieder taucht Pauls Gesicht in meinen Gedanken auf. Die Nachricht, die er letzte Nacht geschickt hat, bleibt mir ein Rätsel:

> Es ist schön, dich wieder in meinem Leben zu haben.

Meint er das ernst? Welches Leben? Ein paar WhatsApp-Nachrichten und sporadische Treffen? Ich will ihn ja nicht gleich heiraten, aber will ich genauso weitermachen, wie es vor vielen Jahren schon nicht funktioniert hat?

Etwas in mir sträubt sich dagegen, immer aufs Handy zu gucken, auf ein Lebenszeichen von ihm zu warten. Ich erinnere mich an die vielen Male, als ich betrübt in Berlin in meiner WG saß, weil ich mich nach ihm sehnte, oder mit Freunden feierte, mit allen zusammen, nur nicht mit Paul. Das war traurig. Ich möchte für mich selbst weiterkommen. Denn zehn Jahre habe ich bereits auf Paul gewartet, für weitere zehn Jahre sind wir zu alt. Ich sehe ihn vor mir, eine Art Loriot, der mit weißem, schütterem Haar und buschigen Augenbrauen mit einem Gehstock vor meiner Tür steht, um mir zu sagen, dass er nun bereit für eine Beziehung mit mir ist. Trotz der Tragik bringt mich dieses Bild zum Schmunzeln.

Mir bleiben neunzehn Tage bis zu meinem Fünfzigsten.

Wenn ich zurückblicke, habe ich in den letzten Tagen extrem viel geschafft. Ich stelle mein eigenes Theaterstück auf die Beine und Nadja und ich entwerfen gemeinsam Kostüme, zeichnen Entwürfe und finden die passenden Stoffe dafür.

Zwischendurch trinken wir Kaffee und albern wie Kinder herum, um nicht den Spaß und die Leichtigkeit zu verlieren, obwohl wir zeitlich unter enormem Druck stehen. Nadjas Freundschaft tut gut. Ohne sie könnte ich das alles nicht bewerkstelligen. Denn wie sich nun herausstellt, artet Maries Geburtstagsüberraschung aus. Die Leitung des Kinderhospizes überlässt uns den Saal im ersten Stock und es passen grob fünfhundert Leute rein. Wenn es gut läuft, wollen sie das regelmäßig veranstalten und haben uns eine Gage angeboten, die mich beinahe vom Hocker gehauen hat. Bis dato dachte ich immer, dass Einrichtungen wie diesen die Ausgaben gekürzt werden, aber das Kinderhospiz hat einen reichen Sponsor, und den haben wir von unserer Idee überzeugt. Bei unserem Treffen war ich so nervös, doch meine Präsentation fand er überzeugend und mich auch.

Obwohl es so gut läuft, bin ich traurig. Ich möchte diese schönen Momente mit Paul teilen, ihn an meinem Leben teilhaben lassen. Doch er lässt mich nicht. Er schickt aufmunternde, liebe, witzige Worte, aber das reicht mir nicht. In den letzten Tagen war er wieder unterwegs, dieses Mal in den Arabischen Emiraten und ich habe keine Ahnung, wann er zur Ruhe kommt. Sein Fünfzigster liegt schon ein paar Monate zurück.

Wie war das, als wir jünger waren?

Ich schließe die Augen, sehe mich schemenhaft mit Mitte zwanzig, erinnere mich an einen besonders hektischen Tag während meines Volontariats bei Berlin-Beat 101. Ich bei der Morgen-Show, die begehrteste Zeit überhaupt. Vier Uhr aufstehen, Kaffee kochen, vorbereiten, Knöpfe drücken, Material sichten und liefern, hoffen, dass ich etwas sagen darf. Enttäuscht, dass ich nichts sagen darf. Am Nachmittag todmüde nach Hause kommen, ins Bett fallen. Und dann der Anruf von Paul.

35

Berlin, 19. September 1997

Das Telefonklingeln weckt mich. Verschlafen hebe ich den Hörer ab, habe jegliches Zeitgefühl verloren. Eine vertraute Stimme holt mich in die Gegenwart.

»Zum Glück. Du bist da.«

»Alles in Ordnung bei dir?« Pause. Kein Ton.

»Ich wollte deine Stimme hören.«

»Paul, alles in Ordnung? Du klingst komisch. Hast du geweint?« Wieder kein Ton.

»Ach, Shit. Maike.«

»Was ist passiert?« Jetzt bin ich hellwach und halte den Hörer so fest, dass ich den Druck in meinem Ohr spüre. Ich möchte kein Wort verpassen. Aber es ist laut im Hintergrund, ich höre Straßenlärm, Schreie. »Wo bist du?«

»Am Flughafen. Ich muss nach Neu-Delhi.«

»Was machst du denn in Indien?«

»Ich gehe auf Jaspals Beerdigung. Die Feuerbestattung ist schon morgen.«

»Wer ist Jaspal?« Ich schreie in den Hörer.

»Mein bester Freund. Wir waren zusammen im Kindergarten und in der Schule. Wir haben nebeneinander gewohnt.«

»Oh.« Meine Gedanken fliegen. Wie kann ich ihm jetzt beistehen?

»Er hat sich das Leben genommen.«

»Wie schrecklich.« Am liebsten würde ich ihn umarmen.

»Seine Familie musste Mitte der achtziger Jahre zurück nach Indien. Wegen der scheiß Thatcher-Regierung. Wegen

117

ihrer verdammten Migrationspolitik musste Jaspal wieder nach Indien.«

Ich schlucke, weiß nicht, was ich sagen soll. Ich warte.

»Bist du noch dran? Paul?«

»Weißt du, was das Ironische ist?«

»Was denn?«

»Jaspal bedeutet rechtschaffen. Tugendhaft.« Paul lacht höhnisch. Er hat getrunken. »Diese Arschlöcher. Er musste gehen. Einfach so, von heute auf morgen. Er war dreizehn Jahre alt. Mann.«

»Das tut mir so leid.«

»Weißt du, Maike. Wegen Jaspal studiere ich den ganzen Paragraphen-Mist. Ich will Menschen wie ihm helfen. Es hat seine Familie damals zerstört, auseinandergerissen. Ein Teil war in England, der andere in Indien.«

»Du hast mir nie von ihm erzählt.«

»Es reicht, wenn ich das alles weiß.«

»Du weißt, ich bin für dich da, Paul. Das weißt du, oder?«

»Du bist das Beste, was mir je passiert ist.« Dann ein Knacken in der Leitung.

»Paul? Hallo?« Das Knacken wird stärker. Ich warte, das Ohr immer noch gegen den Hörer gepresst. »Bist du noch da?«

»Ich liebe dich, Maike.« Dann tutet es. Er ist weg.

Ich warte einen Augenblick. Es passiert nichts. Dann gehe ich zurück in mein Bett. An Schlaf ist nicht mehr zu denken.

Er liebt mich. Das hat er zum ersten Mal gesagt. Wäre Paul doch bei mir. Ich würde ihn so gerne in den Arm nehmen, trösten, etwas von seinem Schmerz nehmen.

36

Wrightfield, 20. November 2022

Paul hat Ränder unter den Augen und Stoppeln im Gesicht. Ich kann mich nicht erinnern, dass er jemals in meiner Anwesenheit einen Bart hatte. Er lächelt, als er mich sieht und bittet mich in seine Wohnung. Er scheint keineswegs überrascht zu sein, mich hier zu sehen. Er fragt, ob ich etwas zu trinken möchte. Ich verneine. Im Zug hatte ich so viele Sätze, die ich ihm sagen wollte. Jetzt ist mein Kopf leer.

Auf dem Tisch stapeln sich Bücher und Dokumente, einzelne Blätter liegen verstreut herum. Wörter und Passagen sind mit gelbem Neonstift markiert. Ich empfinde plötzlich Mitleid für ihn, ohne zu wissen, warum.

Er fragt mich, wie es mir geht. »Gut«, sage ich. »Und dir?« Ich blicke ihn an und möchte ihn am liebsten in den Arm nehmen. »Was ist los, Paul? Warum meldest du dich so selten, willst mich nicht sehen?«

Er setzt sich neben mich aufs Sofa, vergräbt das Gesicht in seinen Händen, stöhnt laut auf. Dann sieht er mich an. »Es hat nichts mit dir zu tun. Ehrlich. Es geht darum, was ich ehrenamtlich für die Geflüchteten mache. Ein neuer verzwickter Fall. Ich komme nicht weiter.«

»Es geht immer um irgendeinen Fall.«

Er lächelt mich traurig an. »Ich weiß nicht, wie ich das erklären soll.«

Ich warte, sage kein Wort.

»Seit längerer Zeit arbeite ich mit einer kleinen Menschenrechts-Organisation zusammen, hier in London. Es geht dabei nicht um Kohle oder so. Wir helfen diesen

Menschen, es geht um ihre Existenz. Um alles eigentlich.« Er fährt sich mit den Fingern durchs ungewaschene Haar.

»Ich weiß, dass dir diese Arbeit wichtig ist. Immer war. Aber was ist mit deinem Leben?«

»DAS IST mein Leben. Das ist das Problem, nicht wahr?« Er lächelt und sieht mich wieder mit diesen traurigen Augen an. »Manchmal möchte ich einfach alles hinschmeißen, die Wohnung verkaufen und irgendwohin aufs Land ziehen. Fernab der Zivilisation. Zur Ruhe kommen, einem Hobby nachgehen. Im Garten arbeiten oder was man so in meinem Alter halt macht. Aber dann spüre ich auch, welches Privileg ich habe, für die gute Sache zu kämpfen. Ich muss jetzt nicht mehr für die arbeiten, die ohnehin schon Geld haben und mehr Geld bekommen wollen. Das habe ich lange genug für meinen Vater getan. Jetzt ist Schluss damit. Die Kanzlei ist so gut wie verkauft und ich muss mich nicht mehr mit dem beknackten Unternehmens - und Handelsrecht ausein-andersetzen. Jahrelang habe ich mir den Arsch für die Kanzlei aufgerissen, wollte für meinen kranken Vater da sein und habe nebenbei versucht, mein eigentliches Ziel nicht aus den Augen zu verlieren, habe Seminare in Migrationsrecht besucht und mich weitergebildet. Eigentlich müsste ich jetzt nicht mehr arbeiten, aber das mit Flüchtlingen ist eben anders. Dort begegne ich spannenden Menschen auf der ganzen Welt. Sie sind mittellos, aber mutig; sie lachen, feiern an Orten, wo du das in deinen kühnsten Träumen nie erwarten würdest. Ich begreife es als Glück, diese Leute zu treffen und unterstützen zu können.«

Ich nicke.

»Neulich konnte ich einer Familie aus Syrien helfen, damit sie in England bleiben darf. Das war ein verdammt gutes Gefühl. Die wollten sie in ihre Heimat abschieben, aber die Familie hatte dort alles verloren, sie haben

Gewalt erfahren und werden ihr Leben lang traumatisiert bleiben. Wenn Politiker diesen Leuten aber keine Zuflucht mehr gewähren - wem denn dann? Wir lesen jeden Tag darüber, dass Menschen in ihren Rechten verletzt werden, über Kriege und Klimakrise, und lassen das einfach über uns ergehen. Müssen wir nicht. Will ich nicht! Ich als Jurist kann etwas dazu beitragen, dass diese Probleme weniger werden. Klingt idealistisch, ich weiß. Aber ich habe immer daran geglaubt. Das ist meine Hoffnung auf eine gerechtere Welt und deswegen geht meine ganze Energie da drauf. Tut mir leid, das sollte kein Plädoyer werden.«

»Ich finde es toll, dass du so denkst und es Menschen wie dich gibt. Auf der Fahrt hierher habe ich an deinen Freund Jaspal gedacht.«

»Jaspal.« Paul steht auf, zeigt mir ein Foto von sich und seinem Freund. Beide lachen in die Kamera, die Arme jeweils um die Schulter des anderen gelegt. »Wenn mein Vater damals nicht an Parkinson erkrankt wäre, als ich an der Law School anfing, hätte ich mehr Leuten wie Jaspal helfen können. Damals brachte ich es aber einfach nicht übers Herz, meinen Papa im Stich zu lassen. Obwohl er so ein geldgieriger Sack war. Hockte in seinen Kanzleien und kümmerte sich einen Dreck um andere. Die Krankheit veränderte ihn überhaupt nicht, im Gegenteil, sie machte ihn noch bitterer, als er ohnehin schon war. Das mit Jaspal war ihm damals komplett egal. Ich vermisste ihn so sehr, als er weg war. Auch heute fehlt Jaspal mir.«

Ich rücke nahe zu Paul, küsse ihn auf den Mund. Zärtlich erwidert er meinen Kuss und schlingt seine Arme fest um mich.

»Du bist echt wieder da«, murmelt er und legt sein Gesicht in meinen Nacken.

Paul schläft noch. Ich sehe ihn an, wie er friedlich vor sich hinschlummert. Warum kann es nicht immer so sein? Wir haben letzte Nacht kaum ein Auge zugemacht, die ganze Zeit geredet, uns geküsst und geliebt. So nahe habe ich mich Paul noch nie gefühlt. Gestern Abend hat er sich mir gegenüber geöffnet und zum ersten Mal nehme ich ihn als ganze Person mit allen Facetten wahr. Natürlich weiß ich, dass er nicht der Sonnyboy ist, den er gerne von außen mimt, aber so einsam und verletzlich wie gestern habe ich ihn nie zuvor gesehen. Seine Arbeit frisst ihn auf und mehr noch der Drang, nicht anders handeln zu können, auch wenn er wollte. Übermorgen fliegt er wieder in die Staaten. Dort unterschreibt er den Vertrag für den Verkauf der Kanzlei. Und dann? Kommen andere Prozesse, andere Fälle. Da ist kein Platz für ein normales Leben. Das macht mich traurig. Aber Paul wäre auch nicht Paul, wenn er ein anderes Leben führte - nicht wahr? Genau das gefiel mir am Anfang vor allem an ihm, dass er immer genau wusste, was er aus seinem Leben machen wollte. Er machte nie ein Geheimnis daraus. Jemanden zu lieben, bedeutet, diese Person so zu akzeptieren, wie sie ist. Ich weiß das doch. Trotzdem fällt es mir bei Paul so schwer.

Ich seufze. Ich mag ihn so gern, könnte stundenlang sein Gesicht anschauen, die Sommersprossen, in die ich mich damals sofort verliebte, seine nach unten gezogenen Marionettenfalten, die sein Gesicht länger wirken lassen. Alles ist mir so vertraut.

»Hey, wie lange starrst du mich schon so an?« Paul sieht mich an und lächelt sanft.

»Du hast so tief geschlafen. Wie ein Baby. Niedlich.«

»Niedlich.« Er rollt mit den Augen und wirft das Kissen auf mich. »Ich gebe dir gleich niedlich.«

Ich werfe es zurück und ehe ich mich versehe, befinde

ich mich in einer Kissenschlacht. Wir lachen und es hat
etwas Befreiendes nach der Ernsthaftigkeit von letzter
Nacht. Ich mache ein Zeichen zur Auszeit, kriege kaum
Luft zum Atmen.

»Ich ergebe mich!« Ich lege mich rücklings aufs Bett,
strecke die Füße aus.

Paul dreht sich zu mir und streichelt meine Wange.

»Lass uns frühstücken gehen. Es gibt ein tolles Café
gleich um die Ecke.« Er erhebt sich vom Bett, zieht sich
ein T-Shirt über.

Tatsächlich habe ich einen Bärenhunger. »Ich muss
aber bald nach Hause zu Henry.«

»Warum fragst du Andrew nicht, ob er sich noch einen
Tag um deinen Hund kümmert. Bleib bei mir. Und wenn
er nicht kann, komm ich mit zu dir.«

37

Wrightfield, 27. November 2022

Nervös stehe ich seitlich des Vorhangs und fahre über die langen Hasenohren. Schweißperlen stehen auf meiner Stirn, dabei trage ich das Kostüm erst seit einer Viertelstunde. In meiner Latzhose hätten locker zwei Personen Platz, aber alles sitzt. Gestern Abend saß Nadja noch an der Nähmaschine und hat die letzten Fäden zusammengetackert. Auch die Bühnendekoration hat sie toll hingekriegt: Die Bäume als Hintergrund und die anderen Waldtiere wie den Fuchs oder Bären, die sie aus Pappkarton hergestellt und bemalt hat, sehen beinahe echt aus. Jede freie Minute hat Nadja dafür geopfert. Die Zeit war am Schluss knapp, aber hey, jetzt sind wir Häschen bereit!

Gebannt sitzen die Kinder auf ihren Plätzen. Marie mit Luftballons an ihrem Stuhl hat einen Ehrenplatz in der ersten Reihe in der Mitte. Sie strahlt über das ganze Gesicht. Rechts und links von ihr sitzen ihre Eltern und halten ihre Hände.

Nadja hoppelt auf die Bühne, begrüßt das Publikum mit lautem Getöse, während sie an einer Karotte nagt. Dann hoppele ich dazu und trage meine auswendig gelernten Zeilen vor. Ich nehme Nadja die Karotte weg. Die Kinder lachen. Meine Anspannung lässt nach, ich komme langsam in Fahrt.

In den folgenden fünfundvierzig Minuten spielen Nadja und ich, als hätten wir nie etwas anderes gemacht. Wir hüpfen, schreien, singen - alle Gags kommen an. In einer ruhigen Szene, bei der ich auf dem Boden sitze und vorgebe zu schlafen, schiele ich auf das Publikum und entdecke George, der in der zweiten Reihe sitzt. Er lacht,

als Andrew - ebenfalls als Hase verkleidet - auf die Bühne
tritt und mit verstellter Stimme etwas Lustiges von sich
gibt. George knipst uns mit seinem Handy. Mein Blick
schweift weiter durch den Raum, aber Paul ist natürlich
nicht da. Er ist ja in Amerika. Schade, dass wir diese
Momente nie gemeinsam erleben.

Nadja holt mich wieder zurück in die Realität und wir
stimmen unser Abschiedslied ein. Georges Stief-
schwester sitzt auf einem Stuhl und spielt Gitarre. Die
Musik verstummt, wir halten uns an den Händen und
verbeugen uns. Die Kinder und deren Begleiter klatschen
Beifall. Marie springt auf und fällt mir in die Arme.
Gerührt drücke ich sie und gebe ihr einen Kuss auf die
Wange. »Alles Liebe zu deinem Geburtstag, meine Kleine!«

George und ich stehen am Buffet, das Maries Eltern
organisiert haben. Nadja musste wegen eines anderen
Maskenbildner-Jobs weg und Andrew zu seiner neuen
Flamme. Fast vergesse ich, an welchem Ort ich bin, denn
heute haben Schmerzen und Traurigkeit hier keinen
Platz. Aufgekratzt hüpfen die Kinder, so gut es ihnen
möglich ist, herum.

Ich strahle vor Glück und auch vor Stolz: Allein Nadja
und ich haben das hingekriegt. Wir haben schon
gewitzelt, dass wir uns *Die Wandernden Hasen* oder so
nennen und mit einem Wohnmobil durch ganz England
und Europa touren. Ich erzähle das George.

»Mal im Ernst, warum macht ihr das nicht professionell?«
George isst von seinem Kuchen und sieht mich an.

»Wie die Zirkusleute von Ort zu Ort fahren und in
Zirkuswagen schlafen?« Ich lache.

George nickt. »Das könnte ein richtig gut funk-
tionierendes Geschäftsmodell sein.« Er meint das
wirklich im Ernst. Obwohl, die Idee gefällt mir selbst
außerordentlich gut. Für mich arbeiten, frei, niemand,

der einem sagt, wie und was man machen soll. Keinen Chef, der einen rausschmeißt, weil man plötzlich zu alt für den Job ist.

»Natürlich bräuchten wir ein gut durchdachtes Konzept und Werbung und so weiter«, fahre ich fort. »Aber mit Nadjas Hilfe ...« Ich bin auf einmal noch aufgedrehter, als ich ohnehin schon bin, und sehe das Wohnmobil mit dem Plakat vor mir: *THEATER FÜR ALLE.* Wir könnten an entlegene Orte fahren, an denen es keine kulturellen Veranstaltungen gibt, könnten kranke, alte Menschen besuchen oder Leute auf Geburtstagen überraschen. »Es gibt so viele Möglichkeiten. George, ich sage es doch immer. Du bist meine Muse. Wie kommt es, dass du immer zur richtigen Zeit am richtigen Ort bist?«

»Dafür sind Freunde doch da.« Er prostet mir mit seinem Glas zu. »Aber als deine Muse verlange ich bald einen Gewinnanteil. Ganz billig wird das nicht.« Er lacht und ich strecke ihm die Zunge raus.

38

Wrightfield, 28. November 2022

Wir haben es gerade noch rechtzeitig ins Restaurant geschafft. Jetzt schüttet es wie aus Eimern und der Regen klatscht an die Fensterscheiben, aber wir sitzen im Trockenen. Der Wind pfeift durch die Ritzen und ich spüre den kalten Luftzug. Ich ziehe den Kragen meines Rollkragenpullovers bis unters Kinn, so fühlt es sich kuscheliger an und wärmt meinen Hals. Meine Hände halte ich für einen kurzen Moment über der Kerze, die kaum flackert und beruhigend wirkt im Vergleich zu dem Getobe, das sich draußen abspielt.

Auf der Speisekarte gehe ich alle exotischen Gerichte durch, nein, keins davon ist mir bekannt. George hat dieses afghanische Restaurant gewählt. Zur Abwechslung lade ich ihn heute ein, denn momentan habe ich nicht nur wettermäßig Glück. Heute Morgen hat Radio Süddeutschland mir die komplette Summe überwiesen. Zur gleichen Zeit ist auch die erste Gage vom Hospiz eingetroffen und die Erleichterung über das Ende meines finanziellen Desasters ist unbeschreiblich. Zeit, mich bei George zu revanchieren.

Er trägt nicht wie sonst T-Shirt und Jeans, sondern ein langärmeliges weißes Hemd mit einer grauen Leinenhose, als hätte er noch eine wichtige Besprechung vor sich. Diese förmliche Kleidung ist ungewohnt, steht ihm aber. Ich kann mir vorstellen, dass sich seine Klienten sicher bei ihm fühlen. Seine Art zu reden strahlt etwas Vertrauenswürdiges aus. Jedenfalls geht es mir so.

George steht auf und entschuldigt sich, er muss auf die Toilette. Sein Gang ist gleichmäßig und ruhig. Als der

Kellner die Flasche Wein bringt und mir einschenkt,
damit ich probieren kann, klingelt das Handy. Es ist Paul.
Ich mache eine entschuldigende Geste zum Kellner und
erkläre Paul, wo ich bin.

»Ich hätte wissen müssen, dass du schon eine
Verabredung hast. Jetzt stehe ich wie ein Idiot mit meiner
Flasche Wein am Bahnhof. Ich bin ohne zu überlegen direkt
vom Gericht in den Zug gestiegen. Ich habe gewonnen. Wir
haben den Prozess gewonnen!« Seine Stimme klingt fröhlich.
»Das wollte ich unbedingt mit dir feiern.«

»Paul, der Kellner wartet. Ich kann grad nicht sprechen.
Warum kommst du nicht einfach hierher?« Mist, habe ich
das gerade gesagt? George und Paul zusammen? Was für eine
Schnapsidee! Aber Ausladen kann ich Paul nicht wieder.

Mit dem Telefon in der Hand blicke ich zum Kellner, der
wartet. Auf seinem Gesicht liegt ein starrer Ausdruck, der
mich irritiert. Ich erkläre Paul hastig, wo das Lokal liegt und
lege auf. Ich entschuldige mich erneut beim Kellner und
koste den Wein. Er füllt mein Glas halb voll, dann Georges,
der in diesem Augenblick zurückkommt. Mit schlechtem
Gewissen erzähle ich ihm, dass Paul kommt.

»Er steht schon am Bahnhof, hat einen wichtigen
Prozess gewonnen und wollte das mit uns feiern«, sage
ich entschuldigend.

Georges Miene bleibt gleich. »Das ist Paul. Gewinnt
eigentlich immer. Als Anwalt ist er sagenhaft, der Beste.«

Ich habe das Gefühl, dass George es ehrlich meint.
Vielleicht hatte ich mir das mit denen beiden neulich im
Krankenhaus nur eingebildet. George scheint auf jeden
Fall kein Problem zu haben, dass Paul uns Gesellschaft
leistet.

Ich stoße mit ihm an und bin erleichtert und glücklich,
mit ihm und Paul den Abend zu verbringen.

Vielleicht wird es so wie früher?

39

Wrightfield, 11. Januar 1993

Wir sind alle aufgekratzt und überdreht. Sogar George, der normalerweise die Ruhe in Person ist. Er hat wie wir viel Alkohol getrunken und lümmelt in der Ecke auf der Sitzbank unserer Lieblingskneipe. Kelly ist vor fünf Minuten in ihre WG getorkelt.

Ich sitze zwischen George und Paul und trinke meinen Absacker aus. Seit sieben Uhr morgens sind wir unterwegs und vor einer halben Stunde aus London von einer Demonstration zurückgekommen. Dort ist vor ein paar Tagen ein schwarzer Junge von der Polizei unschuldig getötet worden. Ein Riesenskandal in den Medien und seit Tagen Gesprächsthema Nummer Eins in England und auf der ganzen Welt. Wir sind alle viel zu erschöpft, um um diese Uhrzeit noch vernünftig über die Ereignisse sprechen zu können. Der Barkeeper poliert die letzten Gläser und räumt die Flaschen zurück ins Regal. Ich bin heiser vom vielen Schreien und auch Paul hat Mühe, einen richtigen Ton rauszukriegen. Als Mit-Organisator hat er vor etlichen Demonstranten gestanden und voller Hingabe eine Rede über den Rechtsstaat und die Demokratie gehalten. Viele haben ihm dafür zugejubelt.

Der Banner, mit dem wir durch die Straßen marschiert sind, liegt zusammengerollt auf dem Tisch. Der Barkeeper lächelt uns müde zu und schaltet das Licht an der Theke aus. Er wünscht uns eine geruhsame Nacht, findet es toll, dass wir hinsichtlich dieser Schweinerei ein Zeichen setzen.

Draußen vor der Tür hake ich mich bei George und Paul ein und schweigend laufen wir die Straßen entlang.

Im Vergleich zur Hauptstadt herrscht in Wrightfield eine surreale Stille und wir spüren den Wind, der uns leise an den Ohren kitzelt. Wie ein Begleiter, der uns an die Hand nimmt, führt er uns zur Hausfassade des Wohnkomplexes, in dem Paul und George sich mit anderen ihr Appartement teilen.

Paul schließt die Eingangstür auf und wie Füchse schleichen wir die Treppe hinauf. In der Wohnung ist es still. Keiner der Mitbewohner ist da.

Paul und ich nehmen in der Küche Platz, während George drei Gläser aus dem Schrank holt und sie mit Wasser füllt. In einem Zug trinke ich meins aus.

»Was für ein Tag«, durchbricht Paul die Stille und legt die Beine auf den Stuhl, der neben ihm steht. George setzt sich gegenüber von Paul und nippt an seinem Getränk.

»Beeindruckend, wie viele Leute gekommen sind. Das ist ein gutes Zeichen.« George schaut uns an.

»Finde ich auch«, sage ich kraftlos.

»Aber was passiert, wenn der Trubel vorbei ist?« Pauls Stimme klingt kratzig. »Demos allein reichen nicht. Menschen finden immer Gefallen an dieser Art von Sensation.«

»Ein bisschen musst du den Leuten schon vertrauen, Paul. Menschen können viel bewirken.«

George sieht putzig aus, so unschuldig, und er hat recht. Warum ist Paul so negativ?

»Diese Leute müssen hinter Gitter! Alle drei.« Paul haut auf den Tisch. Ich zucke zusammen. Ich bin müde, will nur ins Bett.

»Du weißt, wie lange sich Ermittlungen und Prozesse hinziehen.« George stellt das Glas auf den Tisch und schüttelt den Kopf. »Rechtsstaat hin oder her. Er hat auch seine Lücken. All diese Paragraphen! Haben wir uns für die richtige Karriere entschieden, Paul? Am Ende kommen diese Polizisten noch davon.« George blickt in Pauls Gesicht.

»Wenn du was in der Gesellschaft bewegen willst, musst du das System kennen und ändern. Nur so kannst du sozial benachteiligten Leuten helfen. Diesem Jungen hätte das nicht passieren dürfen.« Paul sieht mich an. Er hat Ringe unter den Augen. »Für heute reicht's jedenfalls. Gehen wir schlafen?« Ich nicke, erhebe mich und folge ihm. Ich drehe mich um, wünsche George eine gute Nacht. Er sieht traurig aus, wie ein Tier mit hängendem Kopf, das man vor der Tür stehen lässt.

»Schlaf gut, Maike.«

40

Wrightfield, 28. November 2022

Paul sieht aus wie ein Border Collie, der ins Wasser gefallen ist, als er das Restaurant betritt. Ein süßer Collie. Tropfend kommt er zu unserem Tisch. Er zieht sein Jackett aus und reicht es dem zu Hilfe eilenden Kellner. Die Tasche, die er in der Hand hält, legt Paul vorsichtig auf den Boden, bevor er neben mir Platz einnimmt.

»Ihr habt es aber gemütlich hier. Da draußen ist vielleicht was los! Mann, oh Mann.« Paul lacht und streichelt mir mit den nassen Fingern über die Wange, die er mit der Serviette sofort trocken tupft. »Schön, euch zu sehen.« Er guckt zuerst mich, dann George an. Dieser nickt Paul zu.

Ich erzähle Paul von meinen guten Nachrichten.

»Dann können wir später die Flasche Wein köpfen, die ich hier drinnen habe.« Er zeigt auf die feuchte Tasche. »Heute scheint für alle ein guter Tag zu sein.« Paul reibt sich die Hände.

»Ich habe von deinem Erfolg gehört«, sagt George und sieht Paul an. »Gratuliere, kein leichter Fall. Ich habe in den Medien davon gelesen.«

Paul strahlt über das ganze Gesicht und fängt mit George das Fachsimpeln an. Ich nippe währenddessen an meinem Wein, beobachte, wie der Kellner Paul ein Weinglas bringt und ihm einschenkt. Von der Seite betrachte ich Pauls kurze Koteletten und seine gerade Nase, so perfekt. Wie ist das möglich? Georges Nase hingegen ist breit und rund, passt ebenfalls perfekt zu seinem Gesicht. Vielleicht sieht er deswegen immer so freundlich aus. Pauls Gesicht wirkt seriös und geschäftsmäßig und es ist schön, keine Frage. Aber George möchte man am liebsten wie einen Teddy in den Arm nehmen und knuddeln. Bei dem Gedanken grinse ich und habe Schwierigkeiten, nicht loszukichern. Beide könnten nicht unterschiedlicher sein, nicht nur äußerlich. Ihr Beruf ist das Einzige, das sie verbindet.

Anwalt zu sein ist für Paul eine Berufung und Selbstverwirklichung. Warum hat George diesen Beruf gewählt? Wegen des Geldes? Das glaube ich nicht. Arbeits- und Sozialrecht ist kein Bereich, in dem man reich wird. Aber was weiß ich schon davon!

Paul redet immer noch, während George auf einmal ganz schweigsam dasitzt. Anders als vorher hat sein Gesicht einen leicht säuerlichen Ausdruck. Ob ihm Paul mit seinem Erfolg auf die Nerven geht? Georges Worte kommen mir in den Sinn, als er mir sagte, dass Frauen introvertierte Männer nicht mögen würden. Mir gefällt Georges Art. Aber vielleicht fühlt er sich manchmal unscheinbar neben Paul? Wahrscheinlich war es ein Fehler, dass ich ihn eingeladen habe. Bloß nicht die Stimmung kippen lassen.

Als Paul uns nachschenkt, nutze ich die Gelegenheit, mich wieder ins Gespräch einzuklinken. »Wusstest du, dass ich es George zu verdanken habe, dass ich 5.000 Pfund mehr bekommen habe, als mir eigentlich von meinem ehemaligen Arbeitgeber zusteht? Weil George dem Rundfunk gedroht hat.«

»Warum bist du eigentlich nicht zu mir gekommen, ich hätte dir doch auch geholfen«, unterbricht Paul mich. »Auch wenn ich mich mit Arbeitsrecht nicht so gut wie George auskenne.«

»Darf Maike nicht mal ausreden, oder was?« George schaut grimmig.

»Was ist denn mit dir los?«, erwidert Paul schnippisch.

»Mit mir? Ich frage mich eher, was mit dir nicht stimmt. Sitzt hier mit einer bezaubernden Frau und lässt sie nicht einmal ausreden, sprichst den ganzen Abend nur von dir und deinem Prozess.«

»Was meinst du damit?« Paul verzieht sein Gesicht.

»So, wie ich es gesagt habe. Du siehst Maike einfach nicht.« Ich sehe George an. Mich überrascht sein Ton.

Ich nehme Pauls genervten Gesichtsausdruck wahr. Er nimmt einen Schluck Wein, um Zeit zu gewinnen. Worum geht es hier eigentlich?

»Das stimmt nicht. Du bist neidisch.«

»Auf dich?« Jetzt verzieht George sein Gesicht, als ob er in eine saure Zitrone gebissen hätte.

»Darauf, dass ich nicht zögere wie du, wenn ich etwas will. Du wartest immer. Aber wenn du etwas willst, musst du deinen Arsch hochkriegen. Beruflich wie privat.« Mein Mund ist trocken. Ich trinke schnell aus meinem Glas.

»Vielleicht lasse ich euch lieber alleine«, sage ich vorsichtig. »Schließlich hat es nichts mit mir zu tun.« Ich stehe auf.

»Das sehe ich anders.« Paul nimmt meine Hand und bittet mich zu bleiben. Ich setze mich wieder hin.

»Im Grunde magst du es nicht, dass Maike und ich uns wiedersehen. Stimmt's?« Paul sieht George herausfordernd an. Ich schlucke und spiele an meinem Rollkragenpulli herum. Diese Richtung der Unterhaltung gefällt mir gar nicht.

»Stimmt. Ich finde, du hast sie nicht verdient.«

Jetzt stutze ich und sehe ihn fragend an. »Wie meinst du das?«

Doch George richtet seinen Blick auf Paul. »Du bist jetzt fünfzig und immer noch jettest du herum und spielst Robin Hood. Du lässt eine so tolle Frau wie Maike warten, als ob du noch ewig Zeit hättest. Du merkst gar nicht, wie sehr du ihr damit wehtust.«

»Dachte ich es mir doch. Du bist in Maike verliebt. Das warst du damals schon und bist es immer noch.« Jetzt würde ich am liebsten meinen Pulli über mein Gesicht stülpen. Das Blut schießt mir ins Gesicht und ich glühe. Kann hier bitte einer mal das Fenster öffnen?

»George?« Ich sehe ihn an.

Dieses Mal blickt George mir in die Augen. Er sieht verlegen aus, räuspert sich. »Nun ja. Wie soll ich sagen. Ich mochte dich schon immer sehr.« Er spielt mit der Serviette und wickelt sie um seine Finger. »Ich will nicht, dass Paul dich verletzt. Er nimmt Frauen nicht ernst. Und dich auch nicht, Maike.«

»Spinnst du?« Paul haut auf den Tisch, die Gäste und das Personal schauen zu uns rüber. »Wie kommst du dazu, so über mich zu urteilen? Du hast doch gar keine Ahnung. Natürlich nehme ich Maike ernst!«

»Zuerst kommst du, dein Beruf und dann erstmal lange nichts. Paul, du warst schon immer einer, der alles haben wollte. In welcher Reihenfolge - das bestimmst allein du.«

Ich bin sprachlos.

»Und du wärst besser für sie, ja?«, sagt Paul voller Hohn und fährt fort. »Sollte Maike nicht selbst entscheiden, mit wem sie zusammen sein will?«

Jetzt wird es mir zu bunt. »Also gut, Paul, was genau bin ich denn für dich? Deko oder mehr?« Mein Oberkörper ist nach vorne gerichtet, mein Blick auf Paul.

»Ich bin gerne mit dir zusammen. Es fühlt sich gut an. Richtig gut sogar.« Er nimmt meine Hand. Ich ziehe sie weg.

»Also stimmt es, was George sagt?«

»Was wir haben, ist wunderschön. Mach das jetzt nicht kaputt.« Er seufzt, fährt sich durch das immer noch nasse Haar.

»Für dich vielleicht. Für mich ist das nicht schön. Und ich bin auch nicht diejenige, die irgendetwas kaputt- macht, zumindest nicht die einzige.«

Ich spüre Georges Blick, ignoriere ihn. Aber durch das Gespräch wird mir vieles klar.

»George hat recht. Jünger werden wir nicht. Ich habe keine Lust, die restlichen Jahre auf dich zu warten. Denn das ist es nämlich, Paul. Ich warte. Auf dich. Heute genau wie früher. Das will ich nicht mehr. Ich habe auch Pläne. Ich habe dich immer geliebt und das weißt du. Aber umgekehrt ist das wohl nicht so, oder? Ich weiß gar nicht, woran ich bei dir bin. Ich fühle mich wie ein Möbelstück, das immer da ist. Aber ich habe auch Gefühle und kann nicht immer die Freundin des tollen, erfolgreichen Anwaltes sein. Dafür bin ich nicht nach England gekommen! Das hatte ich auch zu Hause.« Jetzt bin ich es, die mit der Faust auf den Tisch haut. Ich stehe auf, rücke den Stuhl nach hinten. Zu laut, es knarrt. »Und Paul hat auch recht, George. Wenn du was von mir willst, musst du auch mal was dafür tun!« Ohne irgendjemanden anzusehen, schnappe ich meine Jacke vom Stuhl und eile aus dem Restaurant. Ich laufe so schnell, wie ich kann. Dabei klatscht mir der Regen ins Gesicht und es fühlt sich wie Ohrfeigen an.

41

Wrightfield, 30. November 2022

Wenn ich oben stehe, vergesse ich alles, was vorher wichtig war. Ich bin hier und losgelöst von meiner Welt. Der Saal ist proppenvoll und das Lampenfieber, das ich noch vor zwei Sekunden hatte, ist fast weg. Abbey von den Flying Hearts steht hinter dem Vorhang, wirft mir einen letzten, strengen Blick zu und nickt. Mein Zeichen. Meine Szene.

Klaviermusik ertönt und ich bereite Tee zu, stelle ihn auf das Tischchen neben das rote Sofa. Meine Haare sind mit Gel nach hinten gekämmt und zu einem Pferdeschwanz zusammengebunden. Der schwarz-weiße Anzug sitzt perfekt. Immer wieder bin ich das Manuskript durchgegangen, habe mein Englisch geübt, sodass es dem feinen Akzent des Butlers Lane gerecht wird. Mein Partner Fred, der den Algernon spielt, sitzt mit einem Gurkensandwich auf dem Sofa. Ich entferne mich und stehe nun mit regungslosem Gesicht zwei Sessel neben ihm. Keine Emotionen zeigen, hat Abbey mir immer wieder eingebläut. Es fällt mir schwerer als sonst, mich zu konzentrieren. Ich sehe Pauls Gesicht vor mir, auch Georges. Nicht jetzt, ermahne ich mich selbst.

Der Dialog beginnt. Meine Hände schwitzen wie immer, meine Haltung ist angespannt. Mach dich locker, Maike. So wird das nichts. Algernon spricht, ich antworte kurz und mechanisch, wie es für die Figur im Stück vorgesehen ist. Wir spielen uns kurze Sätze hin und her. Dann kommt die Stelle, die ich tausendmal geübt habe.

Auf die Frage meines Partners, ob die Ehe so demoralisierend sei, antworte ich, dass ich sie trotz geringer persönlicher Erfahrung als einen angenehmen

Zustand empfinden würde. Ich atme durch. Jetzt kommt die Pointe. Bloß nicht vergeigen! Ich sei nur einmal verheiratet gewesen und dies wegen eines Missverständnisses zwischen mir und einer jungen Person. Die Zuschauer lachen. Erleichterung. Meine Angespanntheit lässt nach. Algernon sagt zwei weitere Sätze, dann bedanke ich mich bei ihm und verschwinde hinter dem Vorhang. Abbey strahlt über das ganze Gesicht. Ich auch, während ich dem Dialog zwischen dem Protagonisten Jack und Algernon lausche, als ob ich ihn das erste Mal höre.

Mein Part ist beinahe getan. Ich habe nur eine kleine Rolle, tauche im ersten Akt auf. Dennoch freue ich mich, dass ich Teil dieses Ensembles bin, dass ich dazugehöre. Ich liebe diese knisternde Stimmung im Saal, wenn die Augen der Zuschauer auf uns gerichtet sind. Das Chaos hinter den Kulissen, wenn wir in unseren schicken Kleidungsstücken bis zum letzten Moment die Texte lernen, mit dem Gefühl, dass sich uns zugleich der Magen umdreht. Den Stress, den wir bis zur letzten Sekunde fühlen, bevor wir auf die Bühne hüpfen, der sich wie Zucker in Wasser auflöst, sobald wir im Lichtstrahl vor dem Publikum stehen. Den Moment, wenn wir die ersten Worte aufsagen. Das genieße ich wie nichts anderes.

Nach meinem Auftritt setze ich mich in die hinterste Reihe und schaue dem Treiben auf der Bühne zu. Nadja spielt großartig, was für eine tolle Frau. Auch diese Bühnendekoration ist von ihr. Sie ist talentiert, unabhängig, lustig, macht, was sie für richtig hält und fühlt sich als Single wohl. Warum stresse ich mich so? Was ist mein Problem mit Paul? Ich mag ihn, er mag mich. Gerade bin ich aber auch glücklich ohne ihn. Vielleicht geht es ihm ähnlich, wenn ich nicht bei ihm bin. Vielleicht fühlt er sich genauso wie ich im Theater, wenn er herumreist und Leute vor der Abschiebung rettet. Was George angeht, bin ich ratlos. Ich mag ihn. Sehr sogar. Aber mehr? Zwei Männer begehren mich. Es gibt Schlimmeres im Leben. Ein Lächeln huscht über mein Gesicht.

Egal, was kommt. Eins weiß ich: Ich werde das nicht mehr aufgeben. Theater ist ein Teil von mir und in welcher Form auch immer ich es zukünftig auslebe, ich werde es machen.

42

Wrightfield, 2. Dezember 2022

Paul und George haben mich angerufen. Ich bin nicht ans Telefon gegangen. George hat mir auf die Mailbox gesprochen und sich entschuldigt, Paul hat dies über eine WhatsApp-Nachricht getan. Ich bin noch zu aufgewühlt und weiß nicht, wie ich zu den beiden stehe. Ich brauche erst etwas Abstand, bevor ich mich mit ihnen auseinandersetzen kann. Außerdem bin ich beschäftigt. Ein Journalist von der *Local Voice* interviewt mich gleich. Henry liegt auf meinen Füßen und wartet mit mir im Wohnzimmer auf den Besuch. Ich habe selbst viele Leute interviewt, aber auf der anderen Seite stand ich nie.

Die Theateraufführung war ein voller Erfolg und die Rezension war durchweg positiv. Mir ist klar, dass es nicht die *New York Times* ist und wir in einer Kleinstadt sind. Dennoch freue ich mich, vor allem, weil die Zeitung mit mir sprechen möchte. Das überrascht mich, denn Nadjas Rolle war viel größer als meine und sie hat mehr Erfahrung als ich. Sie hätte es verdient.

Es klingelt. Ich springe von meinem Sessel und öffne die Tür. Hoffentlich steht mir die Enttäuschung nicht sofort ins Gesicht geschrieben. Ein junger Mann um die zwanzig begrüßt mich. Er heißt Mark und stellt sich als Volontär vor. Was habe ich erwartet, den Chefredakteur höchstpersönlich?

Mark scheint aufgeregter als ich zu sein, hält seine Tasche zuerst in der rechten Hand, dann in der linken, unsicher, was er tun soll. Ich lächle ihn an und bitte ihn herein. Einen Tee lehnt er ab, also gehen wir direkt ins Wohnzimmer und setzen uns. Henry folgt uns, lässt den Besuch nicht aus den Augen. Mark holt das Aufnahmegerät aus der Tasche und bittet mich um meine Erlaubnis, das Gespräch aufzuzeichnen. Ich nicke. Es folgen Fragen zu meiner Herkunft. Ich beantworte sie, warte ungeduldig, dass wir über das Theaterspielen sprechen, über die vorgestrige Aufführung. Doch dieses Thema hält er knapp. Dass ich Deutsche bin, scheint von größerer Bedeutung zu sein. Warum ich in England sei, was meine Pläne für die Zukunft in diesem Land seien. Ich ergreife die Gelegenheit und erzähle ihm von Nadja und mobilem Theater, unserer Idee von einem Wohnwagen mit dem Logo drauf. Als er nach dem Namen fragt, sage ich, dass wir uns noch nicht einig seien, aber dass wir an so etwas wie *Die Wandernden Hasen* gedacht hätten. Er stellt keine weiteren Fragen und bedankt sich bei mir. Ich begleite ihn hinaus zur Tür, verabschiede mich und schließe die Tür.

»Na, Henry, was für eine Zeitverschwendung«, sage ich zu ihm, »der hat sich gar nicht richtig für uns interessiert.« Dieser gibt mir seine Art von Zustimmung und wedelt mit dem Schwanz.

43

New York, 3. Dezember 2022

Sie geht nicht ans Telefon. Heute habe ich ihr zwei Nachrichten hinterlassen, gestern waren es drei und sie hat sich nicht gemeldet. Normalerweise ruft Maike mich immer zurück. Ich seufze und blicke wieder auf meinen Bildschirm, auf den Online-Artikel der *Local Voice*.

Berliner Frauen erobern Theater in Wrightfield

Ich sehe sie vor mir, wie sie sich über die Überschrift lustig macht: Erobern, ist das nicht ein bisschen dick aufgetragen, würde sie sagen und ihre Lippen zusammenpressen, sodass ihre Grübchen auf ihren beiden Wangen zum Vorschein kämen.

Ich finde den Titel super und bin mächtig stolz auf sie. Gemeinsam mit einer blonden Frau lächelt sie in die Kamera. Das muss ihre deutsche Freundin Nadja sein. Nie getroffen. Wie auch, ich bin ja ständig unterwegs. Dieser blöde Prozess. Ich kann mich absolut nicht konzentrieren und dabei muss ich in zwei Stunden vor Gericht stehen und habe nicht einmal sämtliche Fakten beisammen. Am liebsten würde ich alles stehenlassen und nach Wrightfield fliegen. Was ist los mit mir? Sonst macht es mir auch nichts aus, unterwegs zu sein, weg von allen, weg von Maike.

Was ist, wenn sie wirklich keinen Bock mehr auf mich hat und stattdessen mit George zusammen sein möchte? Er ist in ihrer Nähe, zuverlässig, das, was Maike will und braucht. Nicht jemand wie ich, der sein eigenes Leben nicht auf die Reihe kriegt und davor flieht. Vielleicht hat George recht. Ich bin nicht Robin Hood und jünger werde ich auch nicht. Ich wähle erneut Maikes Nummer. Bitte, geh schon ran!

44

Wrightfield, 4. Dezember 2022

Mit klopfendem Herzen warte ich auf das Handyklingeln. Seit der Artikel in der Lokalzeitung erschienen ist, überschlagen sich die Ereignisse in meinem Leben. Die Redaktion meldete sich vorher bei mir, um mich zu fragen, ob sie meine Daten an Rufus-Oliver von der Heyde weitergeben dürften. Rufus-Oliver von der Heyde! Dieser habe nämlich bei ihnen angerufen, um mit mir zu sprechen. Mit mir! Jeder, der in der Theaterbranche zu tun hat, kennt diesen Namen.

Ein Vorreiter, ein Visionär, einer, der das Theater immer wieder neu erfindet. Und dieser Mann ruft mich gleich an.

Ich bin so aufgeregt, dass ich gar keine Zeit habe, mir über Paul Gedanken zu machen oder mir zu überlegen, wie ich auf seine Nachrichten reagieren soll, die in regelmäßigen Abständen bei mir eintrudeln. Das Telefon klingelt. Ich nehme ab.

»Spreche ich mit Maike?«

Ich nicke und dann wird mir klar, dass mein Gesprächspartner mich nicht sieht. Ich Dummerchen.

»Am Apparat«, presse ich hervor.

»Mein Name ist Rufus-Oliver und ich habe den Artikel über Sie und das mobile Theater gelesen. Höchst interessant. Also, die Sache ist die, ich habe eine solche Theatergruppe gegründet, die zunächst in Deutschland, Österreich und der Schweiz unterwegs sein wird. Wir wollen das gerne erweitern und auch in englischsprachige Länder fahren. Und da kommen Sie ins Spiel. Ich würde Sie und Ihre Freundin gerne übermorgen in

Berlin treffen und über eine zukünftige Zusammen-
arbeit sprechen. Am liebsten hätte ich Sie beide auf
unserer Tour dabei, aber die Details besprechen wir am
besten persönlich. Was meinen Sie?«
Habe ich richtig gehört? Er will, dass wir mit ihm auf
Tour gehen?
»Sind Sie noch dran?«
»Selbstverständlich. Das klingt alles ganz verlockend.
Wo wollen wir uns treffen?«
»6.Dezember, zehn Uhr im Kleinen Theater?«
»Super.«
»Ich schicke Ihnen die Details per E-Mail. Bis dann.«
Dann legt er auf und ich stehe mit offenem Mund da. Was
für ein Tag!

Am liebsten würde ich Paul die Neuigkeiten erzählen.
Aber er ist momentan nicht die richtige Person. Ich fühle
mich mies, dass ich ihn links liegen lasse, vielleicht sollte
ich ihm eine Nachricht schreiben? Aber nicht jetzt, ich
muss zu Nadja. Ich schnappe mir Hund und Jacke und
ziehe die Tür hinter mir zu. Wir gehen ein paar Schritte,
aber Henry bleibt an jedem Stein stehen und schnuppert
daran. Ich ziehe ihn an der Leine, als er gerade seinen Fuß
hebt, um sein Geschäft zu verrichten.
»Tut mir leid, mein Kleiner.« Ich stoppe und lasse den
armen Hund zu Ende pinkeln. Es ist nicht seine schuld,
dass ich es so eilig habe. Wir laufen die Allee entlang, an
der großen Supermarktkette Tesco vorbei, überqueren
die Straße und stehen auch schon vor dem Hochhaus, in
dem Nadja wohnt. Nachdem der Tür-Summer ertönt und
mich ins Treppenhaus hineinlässt, steige ich mit Henry
die Treppen bis in den fünften Stock hinauf. Henry
überholt mich und wartet in jeder Etage auf mich. Außer
Atem komme ich an Nadjas Wohnungstür an, wobei sie

uns lachend empfängt: »Haste was ausjefressen?«

Nachdem ich ein wenig Luft geholt habe und sie mir in ihrer modern eingerichteten Küche einen Platz und ein Glas Wasser anbietet, bin ich wieder in der Lage, vernünftige Sätze zu bilden. Ich nehme einen Schluck, während Henry gierig aus seiner Schüssel schleckt. Ich hole tief Luft und erzähle. Nadjas Augen werden immer größer und als ich zu Ende geredet habe, klatscht sie in die Hände.

»Dieser Rufus-Oliver, was für ein Name, will uns wirklich beide mit dabeihaben?« Ich nicke.

»Und wie lange?«

»Keine Ahnung.« Ich schaue sie an. »Bist du dabei?« Sie steht auf und umarmt mich. Wie kichernde Jugendliche halten wir uns in den Armen. Dann befreien wir uns voneinander.

»Ick weeß nich, wie ick det mit meinen Jobs hinbekomme, aber det schaffen wa schon. Det muss gefeiert werden!« Nadja holt eine Flasche Sekt aus dem Schrank und lässt die Korken knallen. »Champagner hab ick leider nicht.«

45

New York, 4. Dezember 2022

Das Glück meint es momentan nicht gut mit mir. Den Prozess habe ich vergeigt und Maike redet immer noch nicht mit mir. Einziger Lichtblick heute ist Lily. Sonst würde ich im Bett bleiben. Ich blicke auf die Uhr, Mist, schon so spät. Ich rappele mich aus dem Bett auf. Ein Frühstück mit meiner Tochter bringt mich hoffentlich auf andere Gedanken. Mein Magen grummelt. Habe ich gestern eigentlich zu Abend gegessen? Mein Blick schweift auf die Flasche Bier und das in Papier eingewickelte halbe Sandwich, das auf dem Tisch liegt. Das war alles.

Ich blicke in den Spiegel. Ein Mann mit Rändern unter den Augen und mit einem mehr als drei Tage alten Bart sieht mich an. Alter, lass dich nicht so gehen.

Während ich mein Gesicht mit Rasierschaum einschmiere, denke ich über meinen letzten Durchhänger nach. Nach der Scheidung ging es mir richtig schlecht. Trotzdem habe ich damals weitergemacht und geschuftet wie ein Tier.

Dann erinnere ich mich wieder an das eine Gefühl. Ein Gefühl von Schmerz, richtigem Schmerz und wahnsinniger Wut und Enttäuschung. Damals. Am Flughafen. Wie konnte ich das vergessen. Ich sehe die Szene ganz deutlich, wie sie einfach dasaß und mir mitteilte, dass sie schwanger war. Das gab mir vielleicht einen Stich. Ich erinnere mich, ich ließ meinen Martini stehen, denn ich ertrug diesen Moment nicht. Ich begriff nicht, wie sie so mir nichts, dir nichts von einem anderen Mann schwanger werden konnte. In dieser Zeit ging es mir beschissen.

Vielleicht hätte ich Maike sagen sollen, wie sehr mich

das damals verletzte. Dass sie mir nicht gleichgültig war und auch heute nicht ist, auch wenn das vielleicht von außen so rüberkommt.

Warum fällt es mir generell so schwer, über diese Dinge zu sprechen?

Ich habe ihr nie Versprechungen gemacht oder eine Art Zukunft mit ihr geplant, aber eigentlich war klar für mich, dass wir beide immer miteinander verbunden sein würden. Andere Frauen haben mich nicht interessiert. Meine Ehe mit Shelley war eine Katastrophe und reine Verzweiflungstat, um Maike zu vergessen.

Wie wahnsinnig ist es, dass wir dieselben Gefühle füreinander spüren, nachdem wir uns zwanzig Jahre nicht gesehen haben! Wie oft passiert einem das denn?

Ich bin ein echter Idiot. Warum habe ich ihr das nicht deutlicher gezeigt? Auch hätte ich ihr besser erklären müssen, dass sich mein Leben bald ändert, weil ich nicht mehr ständig nach New York fliegen muss. Natürlich werde ich weiterhin arbeiten, aber viel, viel weniger als bisher. Ich will nicht wie mein Vater enden, der bis zu seinem Tod immer nur gearbeitet hat, obwohl er schwer krank war.

Vielleicht ist es jetzt schon zu spät und Maike fühlt nicht mehr wie früher und hat endgültig die Schnauze voll von mir!

Ich halte inne, nehme den Rasierer von meinem Gesicht. Ich blute. Fluchend nehme ich ein Stück Klopapier und drücke es auf die Wunde. Verdammte Scheiße, funktioniert zurzeit gar nichts bei mir?

46

London, 5. Dezember 2022

»Ich kann jetzt nicht reden. Mein Flieger hebt gleich ab.« Der Flugbegleiter schaut mich geduldig an. Der Aufruf, die Handys auszuschalten, ging bereits zweimal durch.

»Paul, ich muss jetzt wirklich Schluss machen. Ich rufe dich von Berlin aus an, ja? Mach's gut.«

Ich sehe den Flugbegleiter entschuldigend an und mache das Telefon aus, lege es in meine Tasche.

Es war schön, seine Stimme zu hören, obwohl sie traurig klang. Wie es ihm wohl geht?

Ich sehe aus dem Fenster, der Regen hat zum Glück aufgehört. Am Morgen hat es noch wie aus Eimern geschüttet und ich hatte befürchtet, dass mein Flug gestrichen werden würde. Ich wäre viel lieber mit Nadja geflogen, aber sie kommt erst morgen, erledigt vorher noch einen wichtigen Job.

Berlin. Seit ich dort war, ist viel passiert. Ich freue mich auf Susi und kann es kaum erwarten, Oliver-Rufus kennenzulernen. Doch fühle ich auch Wehmut, Wright-field, Paul zu verlassen. Ich vermisse ihn. In Berlin werde ich mich bei ihm melden. Ich will mich ihm gegenüber nicht so verhalten, wie er es immer getan hat. Auf Distanz. Ich kann das nicht, das bin nicht ich. Ich möchte mit ihm reden. Trotzdem fühle ich mich momentan besser ohne ihn. Der Abstand tut uns gut. Endlich bewegt sich etwas in meinem Leben. Ich bin nicht mehr die Maike, die ich vor ein paar Wochen war.

Wenn ich wirklich eine Zeit lang mit der Truppe auf Tour gehe, was wird dann aus Paul und mir? Gibt es überhaupt ein Leben mit ihm gemeinsam?

47

New York, 5. Dezember 2022

Ihre Stimme klang so sanft und vertraut. Ich vermisse sie. Panik kriecht in mir hoch. Sie geht wirklich wieder nach Berlin. Warum habe ich gewartet? Anstatt bei ihr zu sein, bemitleide ich mich und sitze hier herum.

Ich muss zu ihr! Schnell checke ich die Flüge, scrolle rauf und runter, kein freier Flug. Fuck. Die müssen mir irgendeinen Flug geben und wenn ich die Nacht am Flughafen verbringe. Ich schnappe meine Tasche, werfe ein paar Klamotten hinein. Hastig stopfe ich meinen Pass und meine Kreditkarte in die Jeans. Ein letzter Blick auf das Apartment, bevor die Tür hinter mir zufällt.

Ein wenig Glück ist mir noch gewogen, ein Taxi fährt gerade in meine Richtung und bleibt stehen. Auf dem Weg zum Flughafen sage ich alle Termine für heute und die nächsten Tage ab. Scheiße, das gibt richtigen Ärger. Aber es geht nicht anders.

Am Flughafen bricht erneut Panik bei mir aus, denn alle direkten Flüge sind tatsächlich, wie ich vorher festgestellt habe, ausgebucht. Die freundliche Dame am Schalter schlägt vor, mit der skandinavischen Fluglinie über Oslo zu fliegen. Ein Zwischenstopp. Vier Stunden Aufenthalt. Nicht ideal, aber meine einzige Chance, wenn ich heute nach Berlin will.

Der Blick auf die Uhr sagt: In zwei Stunden geht es los. Draußen ist es bereits dunkel und ich richte mich auf eine lange, schlaflose Nacht ein. Maike schlummert vielleicht schon friedlich irgendwo. Wo eigentlich? Bei ihrem Ex?

Ich habe keinen blassen Schimmer, was sie gerade

denkt und was sie vorhat.

An der Bar bestelle ich mir ein Bier. Trotz der Klimaanlage ist mein Rücken klitschnass. Immer wieder blicke ich vergebens auf mein Handy. Warum ruft sie nicht an?

48

Berlin, 6. Dezember 2022

Unruhig schaue ich auf das Handy. Zehn Minuten ist Nadja schon zu spät. Ich lächle Oliver-Rufus an, der mit seiner schmalen Hand die Kaffeetasse hält und daraus trinkt. Er blickt auf die auf dem Tisch liegenden Unterlagen und geht sie konzentriert durch. Sein Gesicht ist mir von Fotos aus der Zeitung vertraut, doch in Wirklichkeit sieht er älter und dünner aus. In meinem grünen Midi-Kleid fühle ich mich overdressed, während er mich in seiner grauen Leinenhose mit dem weißen T-Shirt und Adidas-Schuhen eher an einen Start-up-Unternehmer als an einen Theatermenschen erinnert.

Ich spiele an meinem Halstuch herum und sehe erwartungsvoll auf die Tür des Cafés neben dem Kleinen Theater. Hierher kam ich früher oft, um nach der Vorstellung mit anderen Theaterliebhabern zu quatschen.

Endlich! Ich sichte Nadjas Blondschopf und ihren entschuldigenden Blick. »Sorry, es tut mir wahnsinnig leid, aber mein Flieger hatte Verspätung und am Flughafen ist die Hölle los. Freut mich, Sie kennenzulernen.«

Sie reicht Oliver-Rufus die Hand und zeigt ihr charmantestes Lächeln. Er erwidert ihren Händedruck und sie sprechen über die Probleme am Flughafen und wie arm dran Berlin doch im internationalen Vergleich sei. Ich habe das Gefühl, dass sie ihm sympathisch ist. Kein Wunder. Nadja kann mit allen Menschen umgehen, sagt immer das Richtige. Ohne ihren Dialekt wirkt sie eher wie eine Geschäftsfrau als meine Nadja, wie ich sie kenne.

Susi und sie verstehen sich bestimmt auch, wenn sie

sich später treffen.

Dann wendet sich Oliver-Rufus mir wieder zu und erzählt uns beiden von den Anfängen seines Wandertheaters, wie er es nennt. Er brennt für die Idee, genau wie wir, und ich mag ihn. Seine förmliche Art zu sprechen passt zu ihm und ich kann ihn mir als Zwanzigjährigen auf der Bühne vorstellen, noch schlaksiger, als er heute ist. Er hat alles gemacht, was man im Theater machen kann: Kostüm- und Maskenbildner, Lichttechniker, Schauspielerei, Schauspiellehrer, Regie und Theaterdirektor. Er zeigt uns die Route auf der Landkarte seines iPads, in welchen Städten wir auftreten. Dann spricht er von unserer Gage, die höher ist, als alles, was wir erträumt haben. Ich spüre Nadjas Blick und habe Mühe, mir die Aufregung nicht anmerken zu lassen. Ich weiß, was sie denkt. Dass wir auch ohne Geld dabei wären, idealistisch, wie wir sind.

Nadja fragt ihn Löcher in den Bauch und ich bin erleichtert, dass sie diesen Part übernimmt. Einen Monat sind wir in den deutschsprachigen Ländern unterwegs, erst dann kommen wir zurück, touren zuerst durch Nord-, dann Südengland, auch durch Schottland, Wales und Irland.

Was wird aus Henry? Aus dem Haus? Ich werde Andrew fragen, ob er in das Haus einzieht. Und das Hospiz und George? Ich werde die Kinder und ihn für eine Weile nicht besuchen können. Der Gedanke an Marie gibt mir einen Stich. Wird sie dann noch … nicht jetzt. Und Paul. Wenn ich gehe, schwinden unsere Chancen auf ein Happy End. Wird es dann ganz aus sein?

»Noch irgendwelche Unklarheiten?« Oliver-Rufus sieht mich fragend an. Ich spüre Angst vor dem drohenden Verlust unter all meiner Aufregung, doch ich verneine.

»Brilliant. Dann sehen wir uns schon in drei Tagen.« Er schüttelt meine und Nadjas Hand. Das ist der 9. Dezember, mein Geburtstag.

49

Kopenhagen, 6. Dezember 2022

Zusammengekauert sitze ich mit der Tasche auf einer der Sitzbänke am Flughafen und richte mich auf. Wenn ich mich nach vorn beuge, tut mir nach kurzer Zeit der Rücken weh, lehne ich mich nach hinten, liege ich halb auf dem Sitz, und das ist ebenfalls unbequem. Eigentlich stören mich diese Dinge beim Reisen nicht. Nun holt mich aber die Müdigkeit ein und ich sehne mich nach einem Bett. Im Flugzeug habe ich vor mich hingedöst, bis die Stewardess von einem technischen Fehler sprach und wir in Dänemark notgelandet sind. Statt in Oslo zu sein, befinden wir uns also in Kopenhagen. Das war vor einer Stunde. Passagiere, die mit mir geflogen sind, laufen hin und her, schauen auf Anzeigetafeln oder sprechen mit dem Personal. Niemand weiß, wie es weitergeht. Ich bin mir der Tragik dieses Moments bewusst und versuche, ruhig zu bleiben, auch wenn ich am liebsten schreien möchte. Immerhin: Ich bin näher an meinem Ziel. Von hier dauert es höchstens eine Stunde bis nach Berlin.

Genervt laufe ich zu einem Schalter und frage nach einem Direktflug. Freundlich sagt mir die Dame, dass es heute keine freien Plätze mehr nach Berlin gibt. Morgen wieder. Ich spiele meine Möglichkeiten durch: Ich könnte ein Auto mieten und wäre mittags in Berlin. Alles besser als dieses Herumsitzen.

Ich google nach einer Autovermietung vor Ort und werde fündig: SIXT ist gleich in der Nähe. Ich atme auf und ein Hauch von Optimismus überkommt mich. Ich logge mich auf der Webseite ein und fülle das Formular aus. Nachdem meine Reservierung geprüft wird, bekomme ich eine Meldung: Das System will eine Verifikation und verlangt nach der Kopie meines Führerscheins. Ich greife in meine hintere Jeanstaschen, dann taste ich die vorderen ab. Vergeblich. Außer Personalausweis und Kreditkarte finde ich nichts. In meiner Eile habe ich den Geldbeutel mit den Papieren in einer Schublade in New York gelassen! Fuck. Wie kann ich nur so blöd sein? Entschlossen wähle ich die Nummer auf dem Display und ein Angestellter meldet sich sofort.

Freundlich erkläre ich ihm meine Situation, aber er kommt meiner Bitte nicht nach. »Sir, wir benötigen Ihren Führerschein. Ohne Führerschein ist das Fahren des Mietwagens nicht versichert und wir würden ein erhebliches Haftungsrisiko eingehen.«

»Verstehe. Aber ich brauche das Auto jetzt. Es handelt sich um einen Notfall.«

»So leid es mir tut, wir machen keine Ausnahmen. Kein Fahrzeug darf ohne Vorlage eines Führerscheins vermietet werden. Diese Richtlinien sind aus Sicherheitsgründen strikt einzuhalten.«

»Mann, ich muss heute noch nach Berlin! Heute verstehen Sie. HEUTE!« Ich trete mit dem Fuß gegen den Abfalleimer und presse meine Zähne zusammen. Mist, tut das weh.

»Wie schon gesagt, es wäre ein Verstoß gegen die Verkehrs - und Mietvorschriften, da kann ich leider nichts für Sie tun. Auf Wiederhören.«

Er hängt einfach auf. Ich glaube es nicht! Wie komme ich am schnellsten weg von diesem beschissenen Ort?

Ich blicke zu meinen Leidensgenossen. Wie sie gucke ich mit resigniertem Blick in die Leere. Dann ertönt ein Gong, gefolgt von einer Durchsage. Es geht um unseren Flug. Aufmerksam lausche ich. »Der Anschlussflug nach Oslo geht heute Abend um 22.30 Uhr. Bitte checken Sie die Anzeigetafeln für regelmäßige Aktualisierungen. Wir bitten vielmals um Entschuldigung für etwaige

Unannehmlichkeiten.«

Ich fahre mir durch die Haare, dann balle ich die Hand zu einer Faust. Bloß weg hier. Mit der Tasche über der Schulter laufe ich zum Ausgang und nehme mir ein Taxi.

Zwanzig Minuten später befinde ich mich in Nyhavn im historischen Hafenviertel der Stadt. Gruppen von Touristen und ein paar Arbeiter tummeln sich entlang des Kanals. Ein Mann mit einer Wollmütze kniet auf seinem Boot und inspiziert eine Stelle am Boden. Eine weibliche Stimme ruft einen Namen, er stoppt, sieht auf und winkt dieser Frau zu, die auf ihn zuläuft. Er greift nach ihrer Hand und zieht sie zu sich aufs Boot. Sie küssen sich. Sie setzt sich. Er zieht am Startseil und setzt den Motor in Gang. Langsam gleitet das Boot aus dem Hafen, die langen Haare der Frau wehen im Wind.

Mein Blick fällt auf die Häuser. Sie strahlen mich in lebhaften Gelb-, Rot- und Orangetönen an. Für ein paar Minuten lasse ich mich hinreißen, genieße diesen Anblick, starre verträumt vor mich hin. Ich bin zum ersten Mal in Kopenhagen, zum ersten Mal in Dänemark. Ein wenig Gesellschaft wäre schön. Dieser Ort erinnert mich an meine Reise mit Maike nach Hamburg. Wie entzückt sie war. Es war Dezember wie jetzt. Trotz Kälte schlenderten wir händchenhaltend am Elbstrand entlang und beobachteten die vorbeiziehenden Schiffe, genossen die klare, frische Luft, bevor wir ins Hotel gingen und ich ihr dort das Geburtstagsgeschenk überreichte. Es war einer der besten Tage mit ihr. Bis ich nach New York fliegen musste. Wenn ich die Zeit doch zurückdrehen könnte. Heute würde ich sie garantiert nicht mehr im Theater sitzenlassen. Sie würde dieses Viertel lieben.

Ich gehe an Cafés, Kneipen und Restaurants vorbei,

Hyttefadet springt mir in weißen Buchstaben ins Auge, die Fassade ist in einem angenehmen Hellblau gestrichen. Was der Name wohl bedeutet? Nebenan haben Händler ihre Weihnachtsstände aufgebaut, die von Tannenbäumen umrahmt werden und prachtvolle Lichterketten erstrahlen den gesamten Kai. Eine Duftwelle von Zimt, Vanille und Karamel dringt in meine Nase. Ein Mann schreibt das Wort Gløgg auf ein kleines Schild, daneben zeichnet er eine Tasse mit einem dampfend heißen Getränk. Adventszeit. In Hamburg tranken wir viel Glühwein.

Am Fuße des Kanals erblicke ich einen Anker, eine Art Monument oder so, der im Zentrum eines leicht vertieften, gepflasterten Bürgersteigs steht, vor dem sich eine Gruppe Touristen auflöst. Zwei Frauen unterhalten sich, während ein kleiner Junge neben ihnen mit einem Tennisball spielt. Dieser rollt Richtung Straße. Der Junge läuft hinter. Eine der Frauen bemerkt das, macht ihre Freundin darauf aufmerksam und sprintet los. Packt den Jungen am Pullover und stoppt ihn, als der Ball auf die Straße rollt. Puh, das war knapp.

Wo bin ich hier eigentlich? Ich checke mein Handy zur Orientierung. Ich mag es nicht, wenn ich nicht weiß, wo ich bin und erfahre, dass dieses Denkmal zur Erinnerung an dänische Seeleute gebaut wurde. Interessant, aber nicht jetzt.

Ein alter Mann mit Käppi, hochgewachsen und athletisch, lungert unentschlossen am Platz, während sich die anderen zielstrebig in alle Richtungen verteilen. Mit seinem Namensschild auf der Jacke und dem Regenschirm sieht er wie der Reiseführer aus. Ich spreche ihn an, frage ihn nach dem besten Frühstück der Stadt. Auch weil das letzte persönliche Gespräch mit einem Menschen gefühlt hundert Jahre her liegt. Die Begegnungen am Flughafen zählen nicht.

»Das ist einfach«, antwortet Asger in hervorragendem Englisch und lächelt. »Bei mir selbstverständlich. Aber das weißt du doch, mein Freund. Leiste mir Gesellschaft. Komm, Emil, ich lade dich ein. Wie immer.«

Er geht ein paar Schritte voran, bleibt stehen, vergewissert sich, dass ich ihm folge. Ich zögere, er verwechselt mich mit jemandem oder er ist nicht ganz bei Sinnen, weiß nicht, was er tut. Vielleicht ist es besser, wenn ich mitkomme, damit er sicher nach Hause kommt. Wenn er überhaupt weiß, wo sein Zuhause ist. Gefährlich wirkt er nicht und er macht mich neugierig. Zeit bis zum Abflug habe ich ja.

Wie ein Kind tapse ich ihm hinterher, er biegt links ab, geht in die Richtung, von der ich soeben gekommen bin. Heering heißt ein anderes Restaurant mit weißer Schrift und grünem Anstrich.

Lustige Namen, lustiges Städtchen.

Daneben halten wir vor einem dieser sonnen-untergangsgelben Gebäude, dessen Farbe noch kräftiger, noch leuchtender ist: NYHAVN 17 steht in fetten roten Buchstaben drauf. Hier gibt es nach Urteil meines Reise-Guides das beste Bier in ganz Dänemark. Ja, ein Bier hätte ich jetzt gern. Aber wohnt der alte Mann mitten im Getümmel, hier, direkt am Kanal?

Ich folge ihm weiter bis er vor einem grauen Bauwerk hält, in seine Tasche greift und einen Schlüsselbund hervorholt. Dieses Haus ist älter, unscheinbarer, fast schon langweilig im Vergleich zu den farbenfrohen Giebelhäusern. Nachdem er die Eingangstür auf-geschlossen hat, laufen wir die Treppe hinauf bis in den vierten Stock. Totale Stille, kein Mucks dringt von außen ins Innere. Oben öffnet er die dritte Tür und geht hinein.

»Unser Reich.« Er winkt mich herein. Ich bestaune das Interieur, hell, modern, überhaupt nicht, was ich von

außen erwartet hätte. Fasziniert vom Licht, das durch
die großen Flügeltüren in die angrenzenden Räume fällt,
befinde ich mich in einem großzügigen Zimmer, das
Wohnzimmer und Küche zugleich ist.

Ich pfeife durch die Zähne. »Diese Wohnung ist ein
echtes Juwel.«

Seinem Gesichtsausdruck entnehme ich, dass etliche
Besucher ihm vor mir dasselbe gesagt haben müssen.
Dennoch sehe ich, ihn freut das Kompliment. Wie er in
seiner Wohnung steht, kommt er mir weder verloren
noch geistig verwirrt vor.

»Kann ich irgendwie behilflich sein?«, frage ich.

Er bietet mir einen Platz an dem ovalen Tisch neben
dem Herd an und kaum, dass ich mich setze, knurrt mir
der Magen. Asger lacht und murmelt etwas von
Essenmachen. »Bei mir ist alles gut. Ich habe den
verwirrten alten Mann nur gespielt. Ich hab nicht
Alzheimer. Weißt du, ich esse so ungern allein. Ich hoffe,
du nimmst mir meinen Streich nicht übel. Emil war ein
alter Freund von mir, leider schon da oben.« Er zeigt auf
die Decke. »Familie habe ich nicht mehr.«

Ich fühle mich wohl bei Asger und bin ihm nicht böse.
Seit Tagen ist diese Begegnung das Angenehmste, was
mir widerfährt, und ich sage ihm das. »Ich bin Paul.«

Asger zwinkert mir zu und schenkt mir ein Bier ein.
Allein die Uhr verrät, dass es für Alkohol viel zu früh
dafür ist. Aber was bedeutet schon Zeit, wenn man wie
ich seit letztem Abend durch mehrere Zeitzonen
unterwegs gewesen ist. Genüsslich nehme ich den ersten
Schluck.

Asger nimmt das Käppi von seinem Kopf. Eine dicke
graue Haarpracht kommt zum Vorschein.

»Du erinnerst mich an einen sehr guten Kollegen, mit
dem ich jahrelang zusammengearbeitet habe«, sage ich zu

ihm, als ob wir uns schon ewig kennen. »Er hat die gleiche Statur, das gleiche volle Haar wie du. Seine Frau beschwerte sich immer bei mir, weil ihr die Haare ausgingen, obwohl sie zehn Jahre jünger war als er. Ein charmantes Paar.«

Asger lacht und meint, dass das Aussehen in seinem Alter nun wirklich keine Rolle mehr spiele. Egal, welche Figur er abgebe, würde es nie dem entsprechen, was er im Inneren fühle.

»Die meisten alten Leute sagen das, aber wenn man es dann selbst erlebt, erkennt man, wie wahr diese Aussage ist. Wenn du mich nach meinem gefühlten Alter fragst, bin ich zwanzig.«

Ich verkneife mir ein Grinsen. Asger ist mir sympathisch. Ich schätze diesen Moment mit ihm sehr. Er könnte mein Vater sein. Die Begegnung mit ihm fühlt sich jetzt schon wärmer an als das gesamte Leben mit meinem Vater.

Während er die Hotdogs ins heiße Wasser gibt, inhaliere ich den Duft von gerösteten Zwiebeln ein. Ich bleibe an einem Foto von Asger und einer braunhaarigen Frau hängen. Er lässt die Pfanne mit den Zwiebeln stehen und kommt zu mir. »Bezauberndes Wesen. Meine im letzten Jahr verstorbene Frau.«

Ich drücke ihm mein Beileid aus, frage nach ihrem Namen. »Maiken«, sagt er und sieht sehnsüchtig das Foto an. Als er meinen verwirrten Gesichtsausdruck wahrnimmt, erzähle ich von Maike.

Er schenkt mir nach und serviert die Hotdogs, die er stolz »rød pølse« nennt. Ich gebe Essiggurken, Remoulade und Senf dazu. Der erste Bissen ist überwältigend und prompt landet ein dicker Senfflecken auf meiner Hose. Egal.

Wir trinken mehr Tuborg, sprechen über unsere Frauen

und ich wünsche mir nichts sehnlicher, als Maike bei mir zu haben. Als ob er meine Gedanken lesen kann, fragt er mich:»Warum bist du nicht mit Maiken verheiratet?«Er nennt sie tatsächlich Maiken. Mir gefällt das. Ich kann diese Frage nicht beantworten, sondern zucke nur mit den Schultern. Asger sagt kein Wort und dafür bin ich ihm dankbar. Nicht, weil ich seine Meinung nicht hören möchte, sondern weil die Situation klar ist. Warum nicht schon früher - das ist mir schleierhaft.

Nachdem ich vier Hotdogs heruntergeschlungen habe, bietet mir Asger Gammel Danks, einen dänischen Schnaps, an. Das brennende Gefühl jagt durch meine Brust. Für einen Augenblick fühle ich mich so lebendig wie lange nicht mehr. Wir trinken zwei weitere Schnäpse, dann bietet mir Asger sein Sofa für ein Nickerchen an. Da ich auf einmal meine Augen vor Müdigkeit kaum aufhalten kann, nehme ich seine Einladung dankend an. Ein paar Stunden Schlaf werden mir guttun. Ich stelle den Wecker auf meinem Handy und lege mich auf die Couch. Sofort übermannt mich ein tiefer Schlaf.

50

Berlin, 6. Dezember 2022

Die Mädels haben es tatsächlich geschafft, mich an diesen Ort zu schleppen. Aber nur weil heute so ein besonderer Tag ist. Nadja und ich gehen bald auf Tour - irre!

»Heute könnt ihr alles mit mir machen«, habe ich gesagt und jetzt bin ich hier. Auf einer Ü-50 Party in einer nach Alkohol stinkenden Halle mit Schlagermusik und dabei bin ich noch nicht einmal fünfzig.

»Da wir deinen Geburtstag nicht zusammen feiern können, machen wir das jetzt«, lautete Susis Entschluss und Nadja und ich haben zugestimmt. »Außerdem werde ich euch eine lange Zeit nicht sehen!«

Susi und Nadja albern als Einzige auf der Tanzfläche herum. Es ist mehr ein Hüpfen als Tanzen und es ist schön, die beiden so ausgelassen miteinander zu sehen. Ich stehe abseits, nippe an meinem fast leeren Cocktail und schiele dabei immer wieder auf das Handy, das ich auf den Stehtisch gelegt habe, um es im Auge zu behalten.

Warum geht Paul nicht ans Telefon? Ich habe es schon dreimal bei ihm probiert und habe auch eine Nachricht hinterlassen. Keine Antwort. Was macht er? In New York ist es schon Mittag. Ich muss ihm unbedingt von der Tour erzählen. Ich hätte das schon früher tun sollen.

Ich nehme erneut einen Schluck von meinem Glas, als ein großer Mann mit breiten Schultern und kräftiger Statur auf mich zukommt. Er stellt sich als Tom vor.

»Meine Freunde haben mich zu dieser Party überredet. Ich hasse Schlager und an mein Alter will ich auch nicht ständig erinnert werden«, sagt er lachend und zeigt auf den großen Ü-50-Banner, der hoch über uns schwebt. »Mein erstes Mal hier. Kann ich dir vielleicht einen Drink spendieren? Da ist ja nichts mehr drin.« Er zeigt auf mein Glas.

»Eine Piña Colada wäre super. Danke.«

Tom nickt und geht zum Tresen. Er ist nicht Paul, wirkt aber nett. Grübeln kann ich später auch noch. Heute Abend möchte ich Spaß haben und unseren Erfolg feiern.

Susi zwinkert mir zu und formt ihre Finger zu einem Herz, während Nadja mir ihre Zustimmung mit einem Daumen nach oben signalisiert. Ich liebe diese zwei Spinnerinnen!

Tom kommt lächelnd mit zwei Gläsern zurück. Wir stoßen gerade an, da dröhnt Heinos »Blau blüht der Enzian« durch die Boxen. Ich unterdrücke jeglichen Fluchtreflex. Jetzt, wo ich schon einmal hier bin, kann ich auch das Beste daraus machen. In ein paar Stunden sitze ich sowieso wieder in meinem Flieger. »Auf unsere erste Ü-Party und wahrscheinlich die letzte«, verkünde ich feierlich und beide prusten wir los.

51

Kopenhagen, 6. Dezember 2022

Der Geruch von gebratenem Speck und Spiegeleiern dringt in meine Nase. Messerklirren. Geschirrklappern. Irritiert spitze ich meine Ohren. Wieso diese Geräusche? Wo bin ich?

Ich reibe meine Augen, starre an die hohe Zimmerdecke mit dem bezaubernden Stuck und erinnere mich an Asger, die Hotdogs und die Schnäpse. Ich strecke mich, dabei fällt das Handy auf den Boden. Panisch greife ich danach. Ich habe doch nicht etwa verpennt? Erleichtert sehe ich die Zahl auf dem Display: 20.25. Fast halb neun, alles im grünen Bereich. Ich bin sogar fünf Minuten zu früh aufgewacht. Als ich gerade ein Taxi bestellen möchte, trifft eine Nachricht von Scandinavian Airline ein.

Der Flug wurde gestrichen. Eine neue Abflugzeit ist noch unbekannt. Das ist jetzt nicht wahr!

Mit einem Ruck stehe ich auf, stolpere beinahe über meinen Schuh, den ich mitten auf dem Boden liegen gelassen habe, und laufe zu Asger. Der steht mit Schürze am Herd und richtet wie ein Koch das Essen auf zwei Tellern an. Empört zeige ich ihm die Nachricht.

Er stellt die Teller auf den Tisch, rückt den Stuhl nach hinten und fordert mich mit einer Handbewegung auf, dass ich mich setzen soll.

»Iss jetzt erstmal, damit du einen klaren Kopf bekommst. Den brauchst du jetzt. Gib mir ein wenig Zeit, morgen früh sind meine Kiste und ich startklar,« sagt er ruhig.

»Du fährst mich?«

»Aber sicher doch. Ein solches Abenteuer lasse ich mir

nicht entgehen. Wer weiß, wie viele ich noch erlebe!«

Ich murmele ein Dankeschön, stutze immer noch über Asgers Großzügigkeit, während ich mit den Gedanken schon auf Reisen das sagenhafte Essen verschlinge. Was für ein herzensguter Mensch dieser Asger ist. Ich brauche unbedingt ein Geschenk für ihn.

Nach zwei starken Tassen Kaffee und einem gefühlten Kilo Fleisch im Bauch bin ich wieder handlungsfähig. Während mein Lebensretter in der Garage an seinem alten Renault herumhantiert, angeblich wie neu, auch wenn schon länger nicht mehr in Betrieb genommen, durchforste ich mein Handy. Drei verpasste Anrufe und eine Nachricht auf dem Anrufbeantworter von Maike! Wie konnte ich das vorhin übersehen?

Ihre Stimme klingt bisschen zu neutral für mich, dennoch freue ich mich wie ein verliebter Teenie darüber. So doof kann sie mich nicht finden, sage ich mir. Zuversichtlich tippe ich ihre Nummer ein.

Ein Klingelzeichen. Ich trommele mit meinen Fingernägeln auf den Tisch. Ein Klicken. Maike ist dran. Mein Herz überschlägt sich und mir wird noch heißer, als mir sowieso schon ist. Ich schnappe mir den Flyer über den Kopenhagener Flohmarkt und fächere mir Luft zu.

»Schön, deine Stimme zu hören.« Sehr originell von mir. Ich höre Musik im Hintergrund.

»Finde ich auch. Warte bitte einen Moment, ich geh kurz raus, zu laut hier.«

Wo sie wohl gerade ist? Dann ist sie wieder da.

»Alles in Ordnung bei dir in New York?«

Ach, wie ich ihre Stimme liebe. Am liebsten würde ich ihr das sagen. Am liebsten würde ich ihr alles sagen. Aber wo und wie anfangen?

»Alles ist ok.« Was rede ich da für einen Mist. Nichts ist in Ordnung. Maike, ich liebe dich, ich muss dich sehen.

Jetzt. Sofort. Ich bin nicht in New York, ich bin in fucking Kopenhagen und auf dem Weg zu dir! Ich will mit dir leben. Für dich da sein, wie ich es schon lange hätte tun sollen!

»Paul, warum ich bei dir angerufen habe: Wie du weißt, bin ich in Berlin und bald fahren wir los.«

»Wer ist wir?« Mein Magen zieht sich zusammen. Ich lege das Papier auf den Tisch.

»Nadja und ich und die Theatergruppe. Oliver-Rufus hat uns für seine Theatergruppe engagiert und ...«, Maike stoppt, seufzt. »Es ist so viel passiert in den letzten Tagen. Ich werde eine Weile unterwegs sein. Wir touren durch Europa. Paul, das ist eine einmalige Chance für mich. Ich muss das machen, das verstehst du, oder?«

»Klar. Das klingt toll.« Meine Stimme klingt lahm. Wer zum Henker ist Oliver-Rufus? »Was ist mit uns?«

»Ich weiß es nicht.«

Das will ich nicht hören. »Sehen wir uns vorher noch?«

Sie sagt nichts. Mein Herz bleibt fast stehen. Komm schon, sag ja! Da ist wieder ihr Seufzen.

»Ich muss nochmal kurz nach England. Alles mit Andrew regeln wegen des Hauses und Henry. Übermorgen bin ich wieder in Berlin. Denn am neunten abends geht's los.«

»Dein Geburtstag.«

»Du erinnerst dich.«

»Natürlich erinnere ich mich an deinen Geburtstag.« Meine Stimme klingt empört. Als ob ich das vergessen würde! »Was wird aus unserer Tradition von damals?«

»Du müsstest nach Berlin kommen.«

»Das wäre absolut kein Problem für mich.« Ich lächle. Mein Herz schlägt langsamer.

»Wie immer um neun an der Anlagestelle?«

»Yup, wie immer. Ich freue mich.«

Nach dem Gespräch suche ich Asger in der Garage auf. Er kniet mit einem Schraubenschlüssel in der Hand und dreht an irgendetwas herum. Ich räuspere mich, er dreht sich zu mir.

»Es gibt eine kleine Planänderung, wenn das okay für dich ist.« Er sieht mich aufmerksam an, auf seiner rechten Wange zeigt sich ein schwarzer Fleck. »Ich muss zum besten Juwelier Kopenhagens und bräuchte deine Hilfe. Kommst du mit?«

52

Berlin - London, 7. Dezember 2022

Erneut sitze ich im Flugzeug und hänge meinen Gedanken nach. Reisen ist für mich ein Zustand von ständiger Umnebelung und Sehnsucht. Ich freue mich auf das, was kommt, doch ein Blick aus dem Fenster genügt und ich bin schnell überall und nirgendwo. Manchmal in der Vergangenheit, im Jetzt oder in der Zukunft und das wild durcheinander, im Minutentakt, zweifelnd. Mache ich gerade alles richtig?

Die Plätze neben mir sind glücklicherweise frei und ich strecke meine Ellenbogen weit über die Lehnen auf beiden Seiten aus.

Das Gespräch mit Paul geht mir nicht aus dem Kopf. Er klang anders, sanfter, und ich hätte in diesem Moment alles gegeben, bei ihm zu sein. Doch ich war sachlich, ja distanziert. Ich kann nicht mehr die alte Maike sein. Denn die hätte nach dem Anruf alles liegen und stehengelassen und wäre direkt in seine Arme gelaufen.

Es ist hart, anders zu sein.

Ich greife nach meinem blauen Buch, seufze erleichtert auf. In letzter Minute habe ich es vor meiner Abreise in die Handtasche gestopft. Mein Begleiter, den ich in letzter Zeit zugegebenermaßen vernachlässigt habe. Wieso nehme ich diese Gewohnheit nicht wieder auf und hebe Erinnerungen auf, die es wert sind gesammelt zu werden? Zumindest passiert wieder etwas in meinem Leben. Ein paar Stunden zuvor habe ich noch mit den Mädels und Tom getanzt.

Ich blättere darin, suche nach einer ganz bestimmten Stelle. Die, in der ich mich in meiner Märchenwelt befand, einer Welt, in nur wenigen Minuten Überfahrt mit dem Schiff. Da, ist sie! Die Fahrkarte klebt am oberen rechten Rand. 9. Dezember 1992. Pfaueninsel.

53

Berlin, Pfaueninsel 9. Dezember 1992

»Du fährst jedes Jahr hierher?« Paul sieht mich überrascht an.

»Einmal konnte ich nicht, weil ich krank war, und vor zwei Jahren war mein Onkel im Krankenhaus. Aber sonst ja. Sonst haben Ernst und ich immer unsere Geburtstage zusammen gefeiert. Seitdem ich das erste Mal als Kind Fuß auf diese Insel gesetzt habe. Da war ich sieben.«

Wir verlassen die Fähre, ein älteres Ehepaar läuft mit uns über den Steg ans Ufer. Früh morgens ist es am schönsten auf der Insel. Aus diesem Grund setze ich immer mit der ersten Fähre über. Wie ein Kind bestaune ich den Schnee, der letzte Nacht gefallen ist und zart auf dem Dach des Museumsshops liegt, umgeben von lauter Bäumen, deren weißbedeckte Zweige wie Getreidehalme dünn in die Luft ragen. Im Sommer ergibt sich ein völlig anderes Bild: Dann sind die Blätter groß, saftig und voller Leben. Dennoch bin ich gerne im Winter hier.

Ich halte die Kuchenplatte fest in der Hand, die in eine braune Stofftasche eingehüllt ist. Das Missgeschick vom letzten Jahr passiert mir heuer nicht, bei dem ich über die auf dem Pfad liegenden Steine stolperte, mit dem Fuß umknickte und schließlich ausrutschte. Der Fuß war verstaucht und meine Backkünste dahin. Nachdem mich mein Onkel verarztet hatte, aß er die Krümel vom Teller und goss sich Eierlikör in sein neues Spirituosenglas, das ich ihm zum Geburtstag schenkte. Kuchen ist Kuchen, meinte er mampfend und lachte.

Ich gucke Paul von der Seite an, stolz, dass er mit mir heute diesen Tag feiert. Die beiden werden sich mögen, da bin ich mir ganz sicher. Ernst beherrscht die englische Sprache und aufgrund seiner Liebe zu englischen Gärten liest er alles, was es zu diesem Thema gibt - und das im Original, wie er immer stolz bekräftigt. Dass er Gartendirektor auf der Pfaueninsel geworden ist, habe er allein den Engländern zu verdanken.

Paul bietet mir an, den Kuchen zu tragen, und ich nehme das Angebot dankend an. Mein Rucksack ist schwer, denn dort habe ich viele Mitbringsel aus England, unter anderem extra starken Schwarztee, den mein Onkel ohne Milch und Zucker trinkt. Außerdem vier Flaschen Gin. Wie sehr Ernst auch die Abgeschiedenheit mag, freut er sich ab und an über Besuch, der ihm bei einem Gläschen Gesellschaft leistet.

Ich zeige Paul die Vögel, die auf den Bäumen sitzen, und nenne ihre Namen. Sommergoldhähnchen, Wasserralle, Mittelspecht, Drosselrohrsänger. Er lacht über die lustigen Namen und ist beeindruckt, dass ich mich so gut auskenne. Diese Insel ist Teil meines Lebens, eine Art zweite Heimat für mich.

»Beim Pferdestall und der Meierei am Ende der Insel gibt es Wasserbüffel, ich zeige sie dir gerne mal im Sommer, wenn du Lust hast. Denn den Winter verbringen sie nicht hier wegen der Kälte.«

Paul nickt begeistert und es gefällt mir, mit ihm in einer anderen Umgebung als Wrightfield zu sein. Ich mag Städte, vor allem Berlin, aber in der Natur fühle ich mich am wohlsten. Das war schon immer so. Dass er sein Leben in absehbarer Zeit in New York verbringen möchte, gibt mir einen kleinen Stich ins Herz.

Wir erreichen das Kastellanhaus, das seit über zehn Jahren das Zuhause meines Onkels ist und der Ort, von dem er aus das ganze Jahr über die Arbeit auf der Insel steuert. Die meisten Ferien verbrachte ich hier, wenn meine Eltern ihrer Arbeit nachgingen. Meinen Geburtstag feierten wir immer alle zusammen, aber das gemeinsame Frühstück war mein besonderes Ritual allein mit Ernst.

Er steht bereits am Türstock, erwartet uns mit einem Lächeln. »Herzlichen Glückwunsch zum Geburtstag«, sagt er und gibt mir einen Schmatzer auf die Wange. Dann schließt er mich in seine Arme und ich spüre seine kräftigen Hände auf meinem Rücken. Ich befreie mich lachend aus der Umarmung.

»Dasselbe wünsche ich dir auch, liebster Onkel.«

Er begrüßt Paul, der neben mir steht, und schüttelt ihm die Hand, bevor er uns ins Haus hineinbittet.

In der Küche steht der gedeckte Tisch, darauf befindet sich wie immer die Vase, die ich als Kind töpferte, und darin ein selbstgepflückter Blumenstrauß von ihm. Außerdem liegt dort ein in Zeitung eingepacktes Geschenk.

Nachdem wir Platz genommen und ein Getränk serviert bekommen haben, öffne ich es und strahle über das ganze Gesicht: »Molière. Du hast tatsächlich den eingebildeten Kranken gekauft.« Ich stehe auf und umarme ihn. »Weißt du, Paul, mein Onkel und ich lesen immer die Theaterstücke zusammen. Er wollte Schauspieler wie ich werden, aber dann hat er die Liebe zu den Pflanzen entdeckt.«

»Das ist, glaube ich, auch besser so. Als Schauspieler bin ich ganz mies. Aber mit meiner Nichte macht es Spaß. Sie hat großes Talent. Du solltest sie auf der Bühne erleben. Jedes ihrer Theaterstücke habe ich gesehen«, sagt er voller Stolz.

Ich winke ab, setze mich wieder zu Paul. Komplimente anzunehmen, fällt mir oft schwer. Paul merkt das und wechselt das Thema. »Was wünschst du dir noch an deinem Geburtstag?«

»Ich habe alles, was ich brauche. Aber eine Sache würde mich glücklich machen.«

»Ja?«, fragt Paul und auch mein Onkel sieht mich interessiert an.

»Ich wünsche mir, dass wir jedes Jahr gemeinsam feiern. So wie heute.«

Mein Onkel setzt sich zu uns an den Tisch und hebt das Glas: »Auf uns und Paul.« Er lacht und wir stoßen gemeinsam an.

»Herzlich willkommen auf der Insel, herzlich willkommen in unserer Familie.«

Ernst zwinkert mir zu und als Paul kurz aufsteht, um mir ein zweites Stück Kuchen von der Küchentheke zu reichen, hält mein Onkel den Daumen nach oben. Diese Geste bedeutet mir immens viel.

54

Kopenhagen, 7. Dezember 2022

Die Dame öffnet die Tür, sagt freundlich, dass sie normalerweise erst in fünf Minuten öffnen würden und lässt uns wie zwei Obdachlose herein. Asger bedankt sich bei ihr und kurze Zeit später stehen wir vor einem Sortiment an Ringen und beraten uns. Dieser ist zu pompös, der andere zu unscheinbar und der, der mir am besten gefällt, zu teuer. Schließlich fällt unsere Wahl auf den vierten und letzten Ring. Er ist schlicht und elegant, mit einer glatten Oberfläche und einem einzelnen, glänzenden Edelstein.

Zufrieden bezahle ich an der Kasse, als die zweite Verkäuferin nach draußen geht und die Markise herunterfährt. Asger und ich verlassen den Laden und gehen zum Parkplatz, wo er seinen Renault geparkt hat. Ich lasse mich auf den Beifahrersitz nieder und lege die Papiertüte mit dem Ring nach Asgers Anweisungen in das Handschuhfach vor mir.

»Dort ist das gute Stück am besten aufgehoben«, bekräftigt er und fährt los. Laut des ADAC-Plans liegen 497 Kilometer vor uns, Dauer: 7,5 Stunden. Er lacht laut auf: »Für alles haben die jungen Leute eine App und trotzdem kommen sie nicht zurecht.«

Nach einer einstündigen Fahrt halten wir in Vordingborg an einer Tankstelle an. Das Auto macht laut seinem Fahrer komische Geräusche und Asger wolle das lieber überprüfen.

»Wäre doch ein Jammer, wenn wir vor der Fähre irgendwo stehenbleiben.«

Beruhigend klingt das nicht. Ich blicke auf die Uhr.

Weit sind wir nicht gekommen. Ich gucke mich um,
niemand weit und breit. Wie ausgestorben.
Wir haben massig Zeit, sage ich mir. Entspann dich.
Erst übermorgen muss ich am Treffpunkt sein. Ich lehne
mich zurück, schließe meine Augen. Sehe Maike, wie sie
mit Rucksack und langen Haaren neben mir läuft, immer
wieder versucht, mir den Namen Düppeler Forst
beizubringen. Von dort legt unsere Fähre ab. Nie habe ich
zuvor einen so schönen Ort gesehen. Ich bin wie
verzaubert. Auch die Jahre danach, in denen ich mit ihr
einmal im Jahr an diesem Tag auf der Insel bin.

In den »maikelosen« Jahren, wie ich diese heute nenne,
fehlte mir dieses Geburtstag-Ritual. Anstatt auf der Insel
verbrachte ich viele Abende in Bars, lachend, tanzend,
betrunken, aber auch verloren und manchmal ohne Halt.

Meine Familie lebt zerstreut in allen Richtungen,
jeder lebt für sich irgendwo in einer Großstadt und als
Kinder machten wir keine Ausflüge in die Natur. Wenn
wir unterwegs waren, flogen wir. Weit weg. Mit sechs
kannte ich schon mehr Länder, als ich Finger an meinen
beiden Händen zählen konnte. Mit Maike entdeckte ich
diese kleinen Dinge und betrachtete die Welt mit
anderen Augen. Ob ihr Flieger mittlerweile gelandet ist?

»Wir haben Glück«, sagt Asger und reißt mich aus
meinen Gedanken. »Der Mann an der Tankstelle
begutachtet meinen Karl. In null Komma nix kriegt er ihn
wieder hin, hat er gesagt. Komm, lass uns etwas essen
gehen.«

Wir gehen einige Häuser entlang und Asger führt
mich in ein altes Fachwerkhaus. Beim Eintreten in den
Raum erstaunt mich die moderne und helle Einrichtung,
nur die dunklen Balken erinnern an einen Bauernhof, der
er einst gewesen sein muss.

Asger sei schon ein paar Mal hier mit Reisegruppen
unterwegs gewesen. Besonders sei dieses Städtchen

nicht, aber Touristen kämen hierher, um den Gänseturm zu besichtigen.

»Ich habe keinen Schimmer, warum die das interessiert. Der ist okay, nichts Besonderes. Das Essen hier ist aber vorzüglich.« Wir nehmen im hinteren Teil am Fenster Platz, drei andere Tische sind belegt.

»Als Tourguide darfst du das mit dem Turm aber nicht sagen.« Ich grinse und nehme die Speisekarte zur Hand. »Wieso arbeitest du noch?«

»Das ist ehrenamtlich. So komme ich ein bisschen unter die Leute. Seit Maiken tot ist, ist es ruhig geworden. In Rente zu sein, ist merkwürdig. Dein ganzes Leben stehst du früh auf, gehst jeden Tag bestimmten Tätigkeiten nach und dann auf einmal sollst du plötzlich nichts mehr tun. Das funktioniert doch nicht.«

Er hat recht, was würde ich ohne Arbeit machen? Ich habe keine Ahnung.

»Dein Auto heißt wirklich Karl?«, wechsle ich das Thema.

»Wie Karl der Große«, schmunzelt Asger. »Er half mir in brenzligen Situationen und auch jetzt wird er mich nicht im Stich lassen.« Er klopft dreimal unter den Tisch und murmelt: »Syv ni tretten. Das heißt sieben neun dreizehn. Alte dänische Tradition, um das Unglück abzuwenden.«

»Warum klopft ihr nicht wie alle anderen auf den Tisch?«

»Wir wollen diskret sein und das Schicksal bloß nicht provozieren.« Asger zwinkert mir zu und nimmt einen Schluck von seinem Bier, das ihm der Kellner in diesem Moment bringt.

55

Wrightfield, 7. Dezember 2022

Ich betrete das Haus. Stille. Kein Andrew. Kein Henry. Ich schalte das Licht ein und setze meine Tasche ab. Schön, wieder zu Hause zu sein! Ich gehe in die Küche und inspiziere den Kühlschrank. Außer einer Flasche Wasser, einem Glas Marmelade und Butter gibt es nichts. Ich suche Mrs Robinsons Zettel mit den Anweisungen, damit ich ihn Andrew geben kann. Offiziell wohnt er im selben Haus. Dass er ein paar Blocks weiter wohnt, weiß die gute Frau nicht. Ich habe ein schlechtes Gewissen wegen meiner Reise. Wenn wir in Großbritannien touren, nehme ich Henry mit. Oliver-Rufus ist einverstanden damit, also brauche ich nur noch Mrs Robinsons Erlaubnis.

Ich höre einen Schlüssel im Schloss und atme erleichtert auf. Die beiden sind zurück. Freudig laufe ich zur Tür und erschrecke über Andrews betrübtes Gesicht.

»Ist etwas passiert?«, frage ich sofort.

Ich blicke zu Henry, der statt einer stürmischen Begrüßung mit hängendem Schwanz durch das Wohnzimmer schleicht und dort neben dem Kamin auf die Seite plumpst.

»Er ist schon den ganzen Tag so. Ohne Antrieb. Ohne Appetit. Zum Glück trinkt er Wasser, aber ihm geht es schlecht. Am Strand hat er heute Morgen an etwas Hartem, Weißem gekaut, du weißt schon, die Dinger, die oft am Ufer liegen. Ich habe es zu spät gemerkt.«

Ich greife nach dem Zettel von Mrs Robinson und suche nach dem Namen des Tierarztes, den sie mir notiert hat. Die Nummer einer Tierklinik für Notfälle ist auch auf dieser Liste.

»Hat er Fieber?«

»Woher weiß man das bei Hunden?«, fragt mich Andrew und ich erinnere mich an meinen Onkel, der mir als kleines Kind nicht nur viel über Pflanzen beibrachte, sondern auch über Tiere. Ich laufe zu Henry, knie mich neben ihn und taste seinen Körper ab.

»Ohren und Schnauze sind heiß. Außerdem ist die Nase total trocken. Ein schlechtes Zeichen!«, rufe ich Andrew aus dem Wohnzimmer zu. Er eilt zu mir.

»Was nun?« Sein Gesicht ist blass.

»Fahren wir besser in die Klinik!«

Andrew, Henry und ich sitzen eine Viertelstunde später im Wartezimmer des Tierkrankenhauses. Ich befinde mich das erste Mal in einer Tier-Notstation. Sieht aus wie auf einer normalen Notaufnahme. Es ist zehn Uhr abends und zum Glück sind wir die Einzigen. Ich streichle Henry hinter den Ohren. Er liegt auf meinen Füßen, rührt sich nicht. Als uns die Sprechstundenhilfe hereinbittet und Henry sich nicht bewegt, trage ich ihn in das Behandlungszimmer. Vorsichtig lege ich ihn auf den Tisch. Kurz erkläre ich der Ärztin die Situation.

Mit einem Stethoskop untersucht sie ihn, öffnet sein Maul und kontrolliert die Zähne. Sie stellt uns Fragen über Nahrungsaufnahme und wann er zuletzt sein Geschäft verrichtet hat. Sie tippt in ihren Computer und dreht sich dann mit besorgtem Gesichtsausdruck zu uns.

»Es sieht so aus, als ob Henry eine beträchtliche Menge an Palmöl verzehrt hat. Das sind diese großen weißen Brocken, die Sie beschrieben haben. Leider wird das bei Unwetter vermehrt an Strände gespült und erwischt ein Tier zu viel davon, kann es sterben.«

»Aber Henry wird doch wieder gesund, oder?« Meine

Stimme zittert.

»Wir geben ihm eine Injektion, das wirkt schneller als herkömmliches Antibiotikum, und behalten ihn zur Beobachtung hier. Die nächsten drei, vier Stunden sind entscheidend. Schlägt das Medikament an, ist er überm Berg, wenn nicht ... Sie können gerne hier warten oder wir geben Ihnen Bescheid, sobald wir mehr wissen.«

56

Gedser, 7. Dezember 2022

Der Typ mit der Glatze schüttelt den Kopf. »Mindestens eine Viertelstunde vor dem Ablegen müssen Sie da sein. Die nächste Fähre fährt morgen wieder um acht.«

Asger übersetzt für mich und wendet sich dem Mann zu, redet auf ihn ein. Doch der Typ bleibt hartnäckig, schüttelt wieder den Kopf. Kann der auch etwas anderes? Wegen fünf Minuten Verspätung sitzen wir nun in diesem Kaff fest und hätten eigentlich noch zehn Minuten Zeit bis zur Abfahrt. Genervt fahre ich mir durch die Haare. Es ist die Schuld von dem Automechaniker, von wegen null Komma nix, den ganzen Tag hat er an Karl herumgeschraubt. Ich kicke meinen Fuß gegen die Bordsteinkante. Nichts, aber auch gar nichts, läuft nach Plan.

Asger dreht sich um, macht eine entschuldigende Geste mit seinen Händen. »Hatte keine Lust mehr, uns raufzulassen. Außerdem ist der Fahrbetrieb wegen Bauarbeiten momentan eingeschränkt. Am Morgen fahren nur die kleinen Boote nach Rostock, gerade mal fünf Autos passen da drauf. Die paar Stunden müssen wir jetzt irgendwie totschlagen.«

Wir kaufen zwei Tickets am Automaten und gehen zum Auto zurück. Asger schiebt den Fahrersitz nach hinten und streckt die Beine aus. Ich mache es ihm nach. Schon viel bequemer.

Die Nacht ist klar und kalt, die Temperatur unter null Grad. So habe ich mir den skandinavischen Winter immer vorgestellt. Aber eher auf einer gemütlichen Hütte als mitternachts an einem abgelegenen Ort in einem PKW.

Mein Begleiter schmeißt die Heizung und das Radio an, dreht so lange am Knopf herum, bis er einen englischen Sender findet. Ein Wunder bei diesem alten Gerät. Schweigend sitzen wir da, lauschen den Worten des Moderators und seiner Gesprächspartnerin, wobei ich mir nicht sicher bin, ob Asger mehr döst als wach ist.

»Rachel, wie kann man sein Leben mit fünfzig ändern?«, fragt der Moderator seinen Gast.

»Bei dieser Fragestellung muss ich schon einmal schmunzeln. Ich bin dreiundfünfzig. Es ist mir egal, was andere über mich denken. Ich tanze nach meiner eigenen Pfeife und lerne aus meinen Fehlern. Ich bin um die Welt gereist, habe auf verschiedenen Kontinenten gewohnt und bin letztes Jahr Fallschirm gesprungen. Alter spielt keine Rolle. Mit zwanzig kann man alt und engstirnig sein. Mit siebzig offen und aufregend. Es ist deine Wahl.«

Der sanfte Bariton des Moderators klingt fragend aus dem Lautsprecher: »Nach dem Motto: Alles ist möglich?«

»Wenn du denkst, dass du bestimmte Dinge nicht tun kannst, weil du zu alt bist, dann stimmt es, dann kannst du es nicht. Ich sage immer: Lebe das bestmögliche Leben, egal, wie alt du bist.«

Vorsichtig öffne ich das Handschuhfach. Asger schnarcht mittlerweile. Ich nehme die Schatulle aus der Tüte heraus und mustere den Ring. Ein wohliges Gefühl überkommt mich. Endlich habe ich einmal das Richtige getan. Er ist perfekt. Wie Maike. Was, wenn sie Nein sagt?

Eine nie da gewesene Sehnsucht übermannt mich auf einmal und ich wünschte, wir wären längst auf der Fähre nach Rostock.

Ich möchte sie endlich wiedersehen und in meinen Armen halten.

57

Wrightfield, 8. Dezember 2022

Andrews Kopf liegt an meiner Schulter. Er schläft. Kurz war ich ebenfalls eingenickt, aber die Räder des Putzwägelchens, das die Reinigungskraft die Flure entlangschiebt, haben mich geweckt. Es ist halb zwei morgens, wie die Schicht früher beim Radio. Nur dass ich das Licht im Studio immer dimmte, während es in der Tierklinik eindeutig zu grell für diese Uhrzeit ist.

Ich strecke die Beine und versuche, mich so wenig wie möglich zu bewegen. Andrews Kopf gleitet leicht nach unten. Ich rücke meine Sitzposition gerade und lege seinen Kopf behutsam wieder neben mich. Während ich mich bemühe, für uns beide erneut eine bequeme Haltung einzunehmen, nehme ich aus den Augenwinkeln den Mann an der Rezeption wahr. Er löst die Sprechstundenhilfe von gestern Nacht ab. Sie wechseln ein paar Worte, dann winkt die Frau ihm zum Abschied zu und kommt in meine Richtung.

»Dr Bradley wird gleich bei Ihnen sein.« Sie lächelt und verschwindet Richtung Ausgang.

Wenn Henry ... Stopp, das darfst du nicht einmal denken! Alles wird gut, sage ich mir mit geschlossenen Augen wie ein Mantra dreimal hintereinander, als ich den Duft von Desinfektionsmittel wahrnehme. Ich öffne die Augen. Die Ärztin steht vor mir, sieht mich mit freundlichem Blick an. »Henry geht es schon viel besser. Das Medikament schlägt an. Es wird noch eine Weile dauern, bis er wieder der Alte ist, aber Sie können beruhigt nach Hause gehen.«

Ich springe auf, umarme die Frau, die sich lachend von mir befreit. Andrew murmelt etwas vor sich hin und öffnet die Augen. Schlaftrunken sieht er zuerst mich, dann Dr Bradley an.

»Henry wird wieder gesund!« Er begreift meine Worte und wie ich zuvor, springt er auf und wir liegen uns in den Armen. Als wir uns von der Umarmung lösen, teilt uns die Ärztin mit, dass uns jemand in fünf Minuten zu dem Hund bringen werde.

»Vielen Dank für alles, was Sie letzte Nacht getan haben.« Sie schüttelt meine ausgestreckte Hand und macht kehrt. Andrew und ich setzen uns wieder.

»Jetzt kannst du getrost heute Abend fliegen.« Andrew streichelt meinen Oberschenkel. »Ich hatte solche Angst, dass er stirbt und dass ich daran schuld bin.«

»Meine Schuld wäre es gewesen, ganz allein meine. Ich trage die Verantwortung. Ich werde heute nicht fliegen. Ich sage die Tour ab.«

»Das kannst du nicht machen.« Andrew schaut mich entgeistert an.

»Ich lasse Henry nicht mehr alleine, was, wenn wieder etwas passiert? Das würde ich mir im Leben nicht verzeihen.«

»Erinnerst du dich, als du nicht zum Casting bist und deswegen depri warst? Ich habe zu dir gesagt, dass du eine andere Chance kriegen wirst. Das ist sie jetzt.«

»Ich habe aber der alten Dame versprochen, mich um Henry zu kümmern.«

Andrew legt seine Hand auf meine Schulter, kommt mit dem Gesicht ganz nah an meins. »Ich verspreche dir hoch und heilig, dass ich auf Henry aufpassen werde. Nochmal passiert mir das am Strand nicht.« Er macht das Ehrenwort-Zeichen und legt die Hand auf seine Brust.

Ich rutsche auf meinem Sitz hin und her. »Ich weiß nicht.«

SPÄTAUFBRUCH

»Ich als dein Ehemann befehle es dir. Oder ich lasse mich scheiden.«

Ich knuffe ihn in die Rippen. »Was mache ich nur in Zukunft ohne dich?« Er umarmt und drückt mich an sich. »Es war mir ebenfalls eine Freude, dich kennenzulernen, love.«

58

Gedser - Rostock, 8. Dezember 2022

Nach dem langen Sitzen im Auto vertrete ich mir die Beine auf dem Deck. Gut, das Frachtschiff bietet wenig Platz dafür, aber besser als in Asgers ollem Renault ist es allemal. Dort habe ich kurz vorher im Handschuhfach einen tollen Fund gemacht: ein antikes Fernglas. Asger hebt seine alte *Swarovski Falke* - ich habe vorher nie von dem Namen gehört - für einen Naturschutzverbund auf, der die gesammelten Ferngläser an Kinder aus aller Welt verteilt. Als Junge hätte ich mich darüber gefreut. Leider besaß ich nie eins. Aber das hole ich nun nach. Ich bin allein draußen auf dem Boot, die anderen halten sich im Innenbereich auf und wärmen sich bei einer Tasse Tee. Die Hand fest um das Schmuckstück geschlossen laufe ich nach ganz vorne und sehe zu, wie der Bug die Wellen zerteilt. Ein leichter Wind weht, mit der linken Hand klappe ich den Kragen meiner Jacke nach oben, um mich vor der Kälte zu schützen. Wie die Nacht ist der Morgen eisig und der Himmel herrlich blau. Die Aussicht ist atemberaubend. Endlos erstreckt sich der Horizont vor mir auf dem fast stillen, dunkelblauen Wasser. Kleine Wellen treiben uns nach vorn. Auf einem der riesigen Dampfer hätte ich diesen Anblick nie so bewundern können; vielleicht ist es nicht so schlecht, dass wir hier gelandet sind.

Ich wechsle die Position meines Fernglases nach links. Das gute Teil wiegt locker drei bis vier Kilo, meine Hände sind fast schon taub, aber ich kann mich schwer von dem Bild losreißen. Er weckt so etwas wie eine unbekannte Abenteuerlust in mir.

Einige Meter von uns entfernt erblicke ich einen

SPÄTAUFBRUCH

Kutter. Er treibt menschenleer und anscheinend manövrierunfähig auf der Ostsee. Konzentriert starre ich durch die Linsen, vergesse beinahe zu atmen, und da! Plötzlich sehe ich eine Bewegung. Es ist eine Person! Sie erhebt sich, außer ihrem Gesicht erkenne ich nichts, sie ist in ein Tuch oder eine Decke eingehüllt und ist nicht alleine. Sie trägt ein Baby in den Armen. Bei diesen Temperaturen! Da stimmt was nicht. Aufgrund der schmalen Konturen vermute ich eine Frau darunter und intuitiv erahne ich den Grund für ihr Bleiben auf diesem Boot.

Mit schnellen Schritten laufe ich zur Mitte des Schiffes, eile die Treppen nach unten, wo Asger mit fünf anderen Passagieren verweilt und sich mit einer Dame in seinem Alter unterhält. Mit entschuldigendem Blick unterbreche ich die beiden und bitte ihn, mich nach draußen zu begleiten.

»Du glaubst nicht, was ich gesehen habe!«

So schnell er kann, folgt Asger mir zu der vorherigen Stelle und ich reiche ihm seine Swarovski. »Da schau, dort drüben.«

Er guckt durch das Fernglas und nach einem Augenblick dreht er sich zu mir. »Eine Frau. Das ist eine Frau mit einem Kind, nicht wahr? Was machen die bei dieser Kälte auf dem Meer?«

Ich sehe ihn an. »Wie ich die Situation einschätze, stimmt was mit dem Boot nicht. Wer weiß, wie lange die beiden schon auf dem Wasser sind.«

Asger nickt und sieht mich sorgenvoll an. »Ich hole eine Offiziersperson.«

59

Berlin, 8. Dezember 2022

Müde, aber glücklich hocke ich auf dem kleinen Sofa auf Susis Dachboden. Wie vor ein paar Monaten im Herbst bin ich in eine Decke gehüllt und starre aus dem Fensterchen. Hier hat alles angefangen. Damals. Die Geburtstagsfeier. Es kommt mir wie eine Ewigkeit vor. Wenn ich nicht meinen kleinen Nervenzusammenbruch gehabt hätte, wer weiß, wo ich jetzt wäre. In München? Bei Torsten? Hoffentlich geht es ihm gut.

Mein Onkel hat recht. Irgendwas ergibt sich immer im Leben, wenn man dazu bereit ist. Schon morgen sehe ich ihn. Und Paul. Voller Vorfreude denke ich an den nächsten Tag.

Es klopft. Susi steht auf der Leiter und hält eine Flasche Champagner mit zwei Gläsern in der Hand.

»Darf ich?«

Ich winke sie zu mir. »Du immer. Wo ist Nadja, pennt sie schon?«

Susi nickt und setzt sich zu mir. »Die war so fertig mit Packen und allem.«

»Ist es etwa schon so weit?«, frage ich.

»Zehn, neun, acht, sieben, sechs, fünf, vier, drei, zwei, eins.« Der Korken knallt und Susi schenkt uns zwei Gläser ein, reicht mir eins. Jetzt ist also der große Moment da. Wahnsinn, jetzt bin ich wirklich fünfzig Jahre alt! Zu meinem Erstaunen spüre ich kein Unbehagen, sondern fühle mich ruhig und gelassen.

»Alles Gute zum Geburtstag, meine Süße.« Wir stoßen an und nehmen einen Schluck, dann setzt sie ihr Glas ab, macht dasselbe mit meinem und drückt mich an sich. »Dass alle deine Wünsche in Erfüllung gehen. Alle, verstehst du?«

Ich lache. »Bis jetzt sieht es nicht so schlecht aus.«

Sie weiß natürlich von dem Treffen.

Mein Handy piept und freudig schaue ich auf das Display. Es ist nicht Paul, wie ich für einen klitzekleinen Moment gehofft habe, sondern George. Er hat mir ein Video geschickt. Woher weiß er von meinem Geburtstag?

Die Kinder vom Hospiz halten ein Banner in die Kamera und im Chor singen sie *Happy Birthday to you*. Dann spricht Marie:

»Maike, komm bald zu uns zurück. Wir vermissen unseren lustigsten und tollsten Clown!«

George steht neben ihnen und winkt in die Kamera: »Ich wünsche dir an diesem Tag nur das Beste in der Hoffnung, dass es dir gutgeht. Ich freue mich über eine Nachricht von dir.«

Seine Augen leuchten freundlich wie immer. Ich vermisse seine Gesellschaft. Hoffentlich bleiben wir Freunde; ich würde es mir so wünschen. Gerührt fahre ich mit dem Finger über das Bild. Marie sieht dünner, blasser aus, als ich sie in Erinnerung habe. Aber alles wird gut. An diesem Tag haben traurige Gedanken keinen Platz.

60

Rostock, 9. Dezember 2022

Müde reibe ich mir die Augen. Seit Stunden harre ich im Flur des Krankenhauses aus und warte auf Neuigkeiten. Ohne Asger ist es still. Er war ein toller Begleiter. Aber ich wollte nicht länger seine Zeit in Anspruch nehmen, zumal ich keine Ahnung habe, wie es weitergeht. In diesem sterilen Gebäude herumzusitzen, ist für jeden unzumutbar. Es war richtig, dass er wieder nach Kopenhagen gefahren ist.

Mir gehen die letzten Stunden durch den Kopf. So viel ist passiert. Die Rettungsaktion, die Fahrt hierher und dann ist die Ausländerbehörde aufgekreuzt.

Trotz Mitternacht ist es ruhig auf der Intensivstation, zwei Pflegerinnen laufen an mir vorbei. Sie unterhalten sich auf Deutsch. Maikes Sprache. Seit ein paar Minuten hat sie Geburtstag. Ich starre auf das Handy, will ihr etwas schreiben, aber was? Würde sie die Situation verstehen? Verflixt und zugenäht. Wie ich es hasse, immer wieder in solche Situationen zu geraten. Ich möchte der Fremden helfen, halte jedoch mein Versprechen bei Maike nicht. Außerdem quält mich diese Warterei. Kann mir verdammt nochmal endlich jemand sagen, ob das Baby überlebt? Ich drehe bald durch. Wenn meinem Kind etwas zustoßen würde … In New York ist es gerade mal sechs Uhr abends. Ich rufe Lily an und warte. Komm schon, geh ran. Zum Glück hebt sie ab.

»Ich bin's. Wie geht's meiner Kleinen? Alles gut?« Das Bild auf WhatsApp verschwimmt, ich erkenne das Gesicht meiner Tochter fast nicht.

»Deine Kleine büffelt gerade. Mann, warum habe ich

mir das angetan? Bei dir alles okay? Klingst irgendwie komisch.«

»Wollte nur kurz deine Stimme hören. Ich bin in Deutschland und heute ist etwas Irres passiert, eine Frau mit ihrem Baby ... ach, egal, wie geht es dir?«

»Wenn ich gewusst hätte, dass ich bei Jura so viel pauken muss, hätte ich was anderes studiert.«

»Aber es interessiert dich doch, oder?«

»Klar, wir besprechen da gerade einen Fall in Strafrecht, mega interessant«, fährt Lily fort und ein Lächeln stiehlt sich auf mein Gesicht. Die Stimme meiner Tochter und alles ist gut. »Aber du rufst mich sicherlich nicht wegen meines Studiums an, oder?«

»Es gibt tatsächlich etwas, das ich mit dir besprechen will. Es geht da um eine Frau.« Ist das der richtige Zeitpunkt? Aber wann, wenn nicht jetzt?

»Aha, daher weht der Wind.«

»Ich mag sie ziemlich gerne. Wie fändest du es, wenn dein alter Papa noch einmal heiraten würde? Sofern sie überhaupt Ja sagt.«

»Echt? Du willst heiraten?«, ruft sie. »Weiß Mama davon?«

Ich verneine. Es ist still auf der anderen Leitung. Gern würde ich jetzt Lilys Gesichtsausdruck sehen, doch die Videoqualität ist noch mieser als am Anfang des Gesprächs. Ich bin mir aber sicher, dass sie sich nach vorn beugt, die Stirn runzelt und genau ihre Wortwahl überlegt. Nach einem kurzen Moment des Schweigens höre ich ihre Stimme. »Natürlich habe ich mir immer gewünscht, dass du und Mama nochmal zusammenkommt. Aber mittlerweile habe auch ich begriffen, dass das in diesem Leben nicht mehr geschehen wird.«

Sie klingt nüchtern und erwachsen. Das erfüllt mich mit Stolz aber auch mit Traurigkeit.

»Deine Mama ist eine tolle Frau, aber wir passen wirklich nicht zusammen.«

»Und die andere, wie heißt sie?«

»Maike. Sie ist auch nicht wie ich, aber-«

»Das ist gut,« unterbricht mich meine Tochter und gluckst.

»Aber irgendwie ergänzen wir uns«, fahre ich fort, »jedenfalls möchte ich sie heiraten, wenn das für dich in Ordnung ist.«

»Du hast sie noch nicht einmal gefragt?«Ich höre Lilys Atem.

»Das ist der Haken. Ich weiß nicht, ob sie überhaupt will.«

»Meinen Segen hast du. Frag sie, wird schon schiefgehen.«

»Du machst mir Mut.« Ich lache. »Ich hätte das gerne persönlich mit dir besprochen, aber ich hatte heute einen total verrückten Tag und bin bisschen neben der Spur.«

»Was machst du in Deutschland?«

»Wir haben am Morgen eine Frau aus Syrien mit ihrem Kind auf einem Kutter entdeckt. Das Baby schwebt wegen Unterkühlung in Lebensgefahr. Die Frau wollte von Dänemark nach Rostock, um zu ihrer Cousine und deren Mann zu kommen. Eine Tragödie. Die dänische Behörde will die Frau in ihre Heimat zurückschicken. Deshalb hat die Frau das Boot gestohlen und sich auf und davon gemacht. Der Motor ist dabei kaputtgegangen.«

»Das ist furchtbar. Was passiert nun mit den beiden?«

»Da sie in Dänemark registriert ist, soll sie dort in ein Lager. Aber ich werde alles daran setzen, dass sie nach Deutschland zu ihrer Familie kann.«

»Papa?«

»Ja?«

»Jetzt weiß ich wieder, warum ich den ganzen

Paragraphen-Scheiß lerne.«

Ich lache.

»Mal im Ernst, die Frau kann froh sein, dass sie dich als Anwalt hat.«

»Das ist lieb von dir. Wir sehen uns, ja, spätestens Weihnachten.«

»Bring Maike mit. Mama hat doch ihren Gary, dann ist es endlich mal ausgeglichen und gerecht.«

»Hab dich lieb, Lily. Und danke.«

»Ich dich auch.«

Mit feuchten Augen werfe ich meiner Tochter einen Handkuss in die Kamera zu und dann ist sie auch schon wieder weg. Wie gerne hätte ich sie bei mir. Ich habe vieles in meinem Leben nicht richtig gemacht, aber Lily ist großartig, eine tolle, junge Frau. Diese Reise macht mich ganz gefühlsduselig, früher war ich doch auch nicht so.

Ich wische mir eine Träne aus den Augen, als ich den Geruch von Hotdog einatme und tatsächlich eine Wurst vor mir sehe. Werde ich jetzt auch noch verrückt?

»Die sind nicht so gut wie meine rød pølse«, sagt eine mir bekannte Stimme. »Aber besser als dieser Krankenhausfraß.«

»Asger!« Ich springe auf und umarme den alten Mann. Dabei zerquetsche ich beinahe den Hotdog. »Du bist verrückt. Was machst du hier?«

Als wir uns voneinander lösen, grinst er mich frech an.

»Ich lass dich doch jetzt nicht mitten auf der Reise allein.«

61

Berlin, 9. Dezember 2022

Das letzte Mal trafen wir uns an dieser Stelle vor zwanzig Jahren. Eine Fähre warte ich noch ab. Vielleicht kommt er ja doch. Ich hole das Handy aus meiner Tasche. Zehn Uhr bin ich bei dir, schreibe ich meinem Onkel. Ich checke nochmal meine Nachrichten und lese erneut Pauls Geburtstagsbotschaft von ein Uhr morgens.

> Alles Gute zum Purzeltag, mein Berliner
> Mädchen! Es ist leider etwas passiert. Sehr
> kompliziert und ich schaffe es morgen nicht.
> Es tut mir aufrichtig leid. Morgen rufe ich dich
> an und erkläre es dir. Hoffentlich hast du
> einen tollen Geburtstag, grüß mir bitte Ernst.
> Ich denk an dich, dein Paul

Das ergibt keinen Sinn. Ich verstehe es nicht. Ich laufe hin und her, die Hände zum Schutz vor der Kälte in den Hosentaschen. Eine Frau kommt auf mich zu, fragt, wann die nächste Fähre ablegt.

»Jede Viertelstunde. Die nächste geht um halb zehn«, sage ich mehr zu mir als zu der Frau.

Wir hatten eine klare Abmachung, was um Himmels Willen ist geschehen? Es ist immer dasselbe, nie klappt etwas auf Anhieb mit ihm. Meine anfängliche Sorge schlägt in Wut um. 9.28 Uhr. Es regnet und ich bin bis auf die Knochen durchgefroren. Die Fähre läuft ein. Gemeinsam mit der Frau besteige ich sie, blicke voller Sehnsucht auf die Anlegestelle. Warum ist er nicht hier? Die Fähre setzt sich in Bewegung und es zerreißt mir das Herz. Wieder einmal ist ihm etwas dazwischengekommen. Aber was ist es dieses Mal? Und: Kümmert es mich noch?

62

Rostock, 9. Dezember 2022

Dankbar nehmen wir die Pappbecher, die uns eine Krankenschwester bringt, entgegen. Es ist aufmerksam von ihr, dass sie uns Kaffee bringt. Die schwarze Brühe schmeckt scheußlich, weckt aber die Lebensgeister. Letzte Nacht haben wir so gut wie kein Auge zugemacht. Der Gesundheitszustand des Kleinen hat sich drastisch verschlechtert. Seit einer Stunde operieren die Ärzte ihn. Asger versucht mir zu erklären, was die Chirurgen gerade mit dem sechs Monate alten Baby machen, aber ich bin entweder zu dumm oder zu müde, um Details zu verstehen. So erfahre ich aber, dass Asger jahrelang als Ingenieur für den Bereich Krankenhaustechnik zuständig war. Seine Frau und er unterstützten als Mitglieder von *Ingenieure ohne Grenzen* mehrere Projekte in Afrika.

»Maiken war eine sagenhafte Ingenieurin, viel klüger als ich. Und wie sie mit den Leuten vor Ort sprach. Einzigartig.« Asger nimmt einen Schluck. »Nach Syrien wollte sie auch immer. Allen wollte sie helfen.«

Bei dem Wort Maiken blicke ich auf die Uhr. Scheiße. Zehn Uhr dreißig. Maike ist sicherlich schon bei Ernst. Ich entschuldige mich bei Asger, gehe den Flur entlang und dann rechts, wo ich ungestört sprechen kann. Ich habe keine Ahnung, was ich ihr sagen soll. Ich kann von Glück sprechen, wenn sie überhaupt rangeht. Es piept dreimal, bevor sie abhebt.

»Ich bin's.« Mein Magen zieht sich zusammen.

»Ich weiß.«

»Es tut mir leid, Maike. Ich weiß, du bist es leid, immer zu warten, und ich verstehe es, aber dieses Mal, verdammt, ich bin in Rostock. Ich war die ganze Zeit in Dänemark und habe versucht, zu dir nach Berlin zu kommen und es hat nicht geklappt. Das Baby wird gerade operiert, deshalb konnte ich dich nicht vor unserem Treffen anrufen. Die Mutter wird wieder nach Syrien abgeschoben und, egal. Tatsache ist, dass ich nicht bei dir bin und es wieder versaut habe.«

Ich drücke das Handy fest an mein Ohr und fahre mir mit der linken Hand durchs Haar. Shit. Das ergibt alles keinen Sinn. Ich warte. Keine Antwort. »Bist du noch dran?«

»Paul, ich verstehe nicht, was passiert. Aber es ist gut. Alles gut.«

»Gar nichts ist gut. Ich wollte alles besser machen dieses Mal.«

»Paul, zum ersten Mal in meinem Leben verstehe ich. Wer du bist und warum du tust, was du tust. Das bist du - Paul. George hat recht. Du bist eine Art Robin Hood.«

»Naja, so weit würde ich nicht gehen. Jedenfalls verkackt der es nicht ständig mit Marian wie ich mit dir. Und jetzt?« Ich halte fast die Luft an. Ja, und was ist jetzt?

»Ich fahre heute Nachmittag los. Soviel weiß ich.«

»Und dann?« Mein Mund ist trocken.

»Ich liebe dich.«

»Ich liebe dich auch«, erwidere ich. Dann ist sie weg. Was jetzt?

63

Berlin, 9. Dezember 2022

In schnörkeliger Schrift steht Spielmobil drauf. Sofort verliebe ich mich in den Campervan und seine mintgrüne Farbe. Frisch poliert glänzt und schimmert er und ist trotz seines Alters im hervorragenden Zustand.

Wie bei einem Foto-Shooting steht Oliver-Rufus davor, trägt eine Brille mit roten Gläsern und einen hellblauen Anzug mit weißem T-Shirt darunter, ähnlich wie bei unserem Treffen vor drei Tagen. Seine mittellangen, fast grauen Haare stehen ihm strubbelig und strohig in alle Richtungen ab. Als wäre das Auto ein Tier, streichelt er die offenstehende Seitentür.

»Dieses Modell ist ein Prachtstück, nicht wahr?« Er zeigt aufs Dach, auf dem sich eine kleine Terrasse mit Sonnenschirm befindet. »Im Winter benutzen wir sie nicht so oft, aber wenn es trocken und sonnig ist, ist es da oben wunderschön.«

Wie auf ein Zeichen fängt es zu nieseln an. Flink steigt er aufs Dach und klettert direkt von dort ins Innere des Wagens, legt Stuhl und Schirm auf die Seite und schließt die Dachöffnung.

Er bittet uns hinein und erklärt uns kurz das Prozedere. Nadja, er und ich fahren in diesem Wagen, die anderen fünf mit dem roten Wohnmobil, es ist nicht so schön wie unser VW, aber verfügt über genug Platz für alle Requisiten, die wir für unsere Aufführungen benötigen.

»Keine Sorge, wir wechseln auch mal durch. Ich würde euch erstmal gerne besser kennenlernen, aber ihr werdet auch Gelegenheit haben, mit den anderen zu plaudern.«

Nadja klatscht in die Hände und steigt mit Oliver-Rufus vorne ein. Kurz darauf ertönt Jimi Hendrix aus den Lautsprechern und Nadja singt mit. Ich bin erleichtert, dass ich nicht vorne sitze, so kann ich meinen Gedanken nachhängen, was mir heute ganz gut in den Kram passt.

Wie das Kind in der Familie sitze ich im hinteren Bereich des Autos und erlebe ein Revival der siebziger Jahre. Der Bezug des Sofas hat dasselbe Mintgrün wie das Wohnmobil, während die Kissen in blauen und lilafarbenen Pastelltönen schimmern. Die Küchennische aus braunen Holzplatten mit der weiß gehäkelten Tischdecke erinnern mich an unsere damalige Wohnung in Schöneberg: altbacken, aber urgemütlich.

Trotz meiner Bekümmertheit wegen Paul freue ich mich auf die Reise und beide Gefühle gleichzeitig zu erleben, ist eigenartig und verwirrend. Was ich am Telefon zu Paul sagte, meinte ich ehrlich. Ich verstehe ihn. Trotzdem scheint es, als wenn es keine Zukunft für uns gibt. Manchmal ist Liebe alleine einfach nicht genug.

Der Flyer unserer Reiseroute liegt mitsamt dem Theaterstück, das Oliver-Rufus uns bei dem ersten Treffen gab, auf dem Tisch. Die nächsten zwei Wochen proben wir in Usedom und auch die Premiere findet dort statt.

Ob ich gut genug für das alles bin? Obwohl wir die Texte nicht wörtlich lernen müssen, wir sind ein Impro-Theater, mache ich mir Sorgen. Oliver-Rufus vertraut mir, also sollte ich das auch. Alles könnte so schön sein. Wenn da nicht diese Leere wäre.

64

Rostock, 9. Dezember 2022

»Das schafft mein Karl mit links.« Asger nimmt mein Handy und sieht sich die Route an. »Maximal zweieinhalb Stunden.«

Ich mag Asgers Optimismus, aber als Realist schätze ich unsere Chancen schlecht ein. »Am Nachmittag fahren sie los, hat sie gesagt. Auch wenn wir jetzt sofort losfahren, wird sie nicht mehr auf der Insel sein.«

»Aber was willst du sonst machen? Hierbleiben? Dank dir kann die Frau erstmal bei ihrem Sohn im Krankenhaus bleiben. Du kannst gerade nichts mehr für die beiden tun.«

Ich überlege. Die dänische Behörde hat mir eine Frist von einer Woche gewährt, bis es dem Jungen besser geht. Erst dann kann ich Alia als Anwalt vertreten. Den ganzen Vormittag habe ich nach dem Gespräch mit Maike wie ein Bekloppter herumtelefoniert und bin mit dieser Vereinbarung mehr als zufrieden.

Asger hat recht. Versuchen muss ich es. Mit hastigen Schritten laufe ich ins Krankenzimmer und setze mich neben Alias Bett. »Machen Sie sich bitte keine Sorgen. Ich komme wieder und helfe Ihnen. Versprochen. Wir kriegen das hin.«

Die Frau lächelt mich müde an. Sie liegt ganz eng neben Baschars Bett, dessen zarter Körper an Schläuchen befestigt ist. Alia nimmt meine Hand und drückt sie.

»Ich danke Ihnen von ganzem Herzen«, sagt sie mit schwacher Stimme.

Ich erwidere ihren Händedruck, dann stehe ich auf, an der Tür drehe ich mich kurz noch einmal um und lächle sie an. Sie hat so viel in den letzten Tagen durchgemacht.

DANIELA RECHT

Dass Baschar lebt, grenzt an ein Wunder. Seine Überlebenschancen stehen nach der Operation inzwischen gut. Die Ärzte haben versprochen, mich über seinen Gesundheitszustand zu informieren. Mir fällt es schwer, Mutter und Sohn zu verlassen. Aber nun muss ich mein eigenes Leben auf die Reihe kriegen.

65

Usedom, 9. Dezember 2022

Seit ich mit dem Spielmobil unterwegs bin, fühle ich mich wie auf einer Zeitreise in die Vergangenheit. Als ich das Gasthaus erblicke, nimmt dieses Gefühl zu. Es ist, als ob hier tatsächlich die Zeit stehengeblieben wäre. Die Inneneinrichtung des Lokals steckt ähnlich wie der Campervan in den Siebzigern fest.

Die Vorhänge sind orange und dunkelgrün und haben ein Muster aus Blättern von Bäumen. Der Blick auf die Speisekarte mit dem grünen Ledereinband versetzt mich erneut in meine Kindheit und ich nehme das Schnitzel mit Pommes. Reisen macht hungrig und Lust auf Herzhaftes.

Die ganze Theatergruppe sitzt wie eine große Familie am Tisch. Es ist das erste Mal, dass wir alle zusammen in einem Raum aufeinandertreffen. Wie bei einer richtigen Familie ist jede Generation vertreten und zum ersten Mal ist mir mein Alter egal. Nadja sitzt neben mir und unterhält sich mit Wanda, einer jungen, hübschen Frau. Sie möchte wie wir damals an eine Schauspielschule und zuvor Erfahrungen sammeln. Erich, mein Tischnachbar und unser Ton- und Lichttechniker, stammt wie ich aus Berlin. Wir quatschen über das Theater und er erzählt mir von der letzten Tour.

Dann ertönt ein Klirren, Oliver-Rufus erhebt sein Glas und steht auf: »Ich möchte um eure Aufmerksamkeit bitten. Keine Angst, ich mache es kurz.« Er räuspert sich. »Ich bin entzückt, dass wir es ein zweites Mal schaffen zu touren und bin erfreut, euch zu sehen. Wie ihr wisst, haben wir mit Maike und Nadja zwei neue Gesichter und ich bitte euch inständig, nehmt euch ihrer ein wenig an.

Wir werden viel Zeit miteinander verbringen und dabei
wird es mitunter auch intensiv werden. Denkt daher also
immer daran, warum wir alle hier sind. Wir wollen eine
gute Zeit verbringen, Spaß haben, aber vor allem wollen
wir die Liebe zum Theater weitergeben, an alle, auch an
diejenigen, die vielleicht nicht so gesegnet sind im Leben
wie wir. Denn ihr wisst, wie ich über Kunst und
Kreativität denke: Sie sollte für alle zugänglich sein und
mit eurer Hilfe machen wir genau das. Ich danke euch,
dass ihr dabei seid, und euch diesem Projekt widmet.«

Wir klatschen, einige trampeln mit den Füßen. Oliver-
Rufus nimmt seine Brille ab und fährt sich über die
Augen. Er setzt sie wieder auf und nimmt Platz. Er sieht
in meine Richtung, hebt sein Glas und ich proste ihm vom
anderen Ende des Tisches zu.

Was für ein Mann. Er könnte in diesem Moment in
einem der renommiertesten Theaterhäuser sitzen, viel
Geld verdienen oder bräuchte gar nicht zu arbeiten.
Stattdessen denkt er an seine Mitmenschen und teilt
seine Leidenschaft mit ihnen. Ich habe keinen Schimmer,
was mich in den nächsten Tagen und Wochen erwartet,
aber für mich hat sich diese Reise jetzt schon gelohnt.

66

Pfaueninsel, 9. Dezember 2022

Manche Leute scheinen nie älter zu werden. Ernst gehört eindeutig zu diesen Menschen. Er öffnet die Tür und begrüßt mich, als hätte er auf mich gewartet. Asger und ich gehen hinein und auch drinnen hat sich kaum etwas verändert. Immer noch geht derselbe Zauber von der Insel aus und eine Ruhe im Kastellanhaus, die auf mich abfärbt trotz der Erlebnisse der vergangenen Tage. Wie erwartet ist Maike nicht da. Enttäuscht setze ich mich an den Tisch, während Ernst uns einen Tee einschenkt.

»Extra stark, so wie ihr Engländer das mögt.« Ernst lächelt und wendet sich an Asger. »Sie sind auch aus England?«

Asger und Ernst machen Smalltalk, während ich mich in der Küche umsehe. Maikes Vase aus ihrer Kindheit steht auf dem Tisch und eine Kuchenplatte mit Resten eines Schokokuchens. Wenn ich nur früher gekommen wäre!

Ich seufze und Ernst sieht mich an, liest meine Gedanken. »Sie hat so lange, wie es ihr möglich war, gewartet. Aber um sechs musste sie beim Treffpunkt mit den anderen sein.« Der alte Mann sieht mich mitfühlend an. »Aber sie hat was dagelassen.« Ernst dreht sich um, kramt in einer Schublade und kommt mit einem Flyer wieder und reicht ihn mir. Ein mintgrünes Wohnmobil mit der Aufschrift Spielmobil ist drauf abgebildet. Darunter stehen sämtliche Städte mit den Terminen, an denen das Wandertheater auftritt. Die erste Aufführung findet in fünf Tagen statt.

14. Dezember Grundschule Usedom: 19 Uhr

»Weißt du, wo sie sich jetzt aufhält? Ich muss so schnell wie möglich zu ihr.«

Ernst tippt mit dem Zeigefinger auf das Papier. »In dem Städtchen Usedom. Wo genau, das hat sie nicht gesagt, aber das lässt sich gewiss herausfinden, nicht wahr?« Er zeigt auf sein graues Wählscheibentelefon und grinst.

»Hast du kein Handy?«, fragt Asger und pfeift durch die Zähne. »Das Teil kannst du in ein Museum geben.«

Ernst holt sein altes Nokia aus der Tasche. »Das ist für Notfälle. Alt, aber funktioniert einwandfrei.« Asger und Ernst lachen.

Ich atme tief aus. Was für ein Glück. Asger hatte den richtigen Riecher, Ernst aufzusuchen.

»Warum bleibt ihr heute Nacht nicht hier, ruht euch aus? Ich möchte dir nicht zu nahetreten, Paul, aber du siehst mitgenommen aus. Ein wenig Schlaf täte dir gut. Und Asger auch. Morgen rufe ich dann Maike in aller Frühe an.«

Ich sehe Ernst mit einem warmen Lächeln an. Bis morgen warte ich nicht, ich schreibe ihr später auf jeden Fall eine Nachricht. Am liebsten würde ich sofort weiterziehen, aber Ernst hat recht. Asger sieht müde aus und ich bin mehr als platt. Ich schaue ihn an. Asger nickt und strahlt, als Ernst eine Flasche Gin und Spielkarten aus dem Regal holt.

»Na, wie wär's mit einer Runde Poker?« Ernst Augen glänzen. »Aber seid milde mit mir. Heute ist schließlich mein Geburtstag.«

67

Usedom, 10. Dezember 2022

Auf dem engen Sofa liegend starre ich auf das Foto von Paul und Ernst, das er mir aufs Handy geschickt hat. Im Hintergrund steht ein fremder Mann in einem ähnlichen Alter wie mein Onkel. Wahrscheinlich ein Freund von ihm. Sie lachen fröhlich in die Kamera. Ich wäre gerne bei ihnen, so wie damals. Paul hätte ein paar Stunden früher da sein sollen. Warum ist er jetzt dort?

> Ich würde mich morgen gerne auf den Weg zu dir machen. Wenn das okay für dich ist, dann gib mir bitte deinen Standort durch. Paul
> xoxoxoxo

Meint er es dieses Mal ernst? Kommt er wirklich nach Usedom? So oft verspricht er Sachen und hält sie nicht. Ich habe keine Lust mehr darauf. Die Zeit mit der Truppe ist wichtig für mich und wegen ihm genieße ich es nicht so, wie ich es möchte. Wenn er tatsächlich morgen kommt, was dann? Vielleicht verbringen wir ein paar Tage zusammen und danach? Je mehr ich darüber nachdenke, desto sinnloser finde ich alles. Mann, Nadja, sei endlich leise! Sie liegt einen Tisch von mir entfernt auf der anderen Couch und schnarcht sich die Seele aus dem Leib. Ihre Wolldecke fällt auf den Boden. Ich stehe auf und decke sie wieder zu. Dann höre ich etwas. Jemand rüttelt an der Tür des Wohnmobils. Paul? Dann wird sie aufgerissen. Es ist Oliver-Rufus. Seine Haare sind zerzauster als sonst und eine Bierfahne kommt mir entgegen. Mann, ich muss damit aufhören. Natürlich steht nicht Paul vor der Tür.

»Kannst du auch nicht schlafen, was? Rauchst du eine

mit mir?« Er hat eine Kippe im Mund. Ich rauche schon lange nicht mehr, aber ich nicke, greife nach meinem Mantel und steige aus. Wir klettern auf das Dach und setzen uns auf die zwei Stühle. Die Nacht ist kalt und trocken, der Himmel voller Sterne.

»Wo warst du eigentlich nach unserer Party?«, frage ich ihn.

»Bei einer Bekannten.«

»In Bayern nennt man das Gspusi.«

Oliver-Rufus lacht. Torsten hat dieses Wort oft benutzt. In seinem Bekanntenkreis hatte immer jemand irgendein Gspusi »Wie lange kennt ihr euch?«, frage ich ihn.

»Eine ganze Weile. Dann ist sie hierhergezogen und hat eine Pension aufgemacht. Sie wollte nicht mehr in der Stadt leben.« Rufus zieht fest an seiner Zigarette, ich wickle meinen Mantel eng um mich.

»Das ist in Ordnung für dich?«

Er bläst Rauch aus dem Mund. »Ich bin ein Stadtmensch, ich brauche Kultur, das Theater, sie die Natur und das Meer.«

Ich gucke in den Himmel. »Friedlich hier oben.« Ich zittere. Oliver-Rufus rubbelt mich warm. »Und jetzt seht ihr euch sporadisch, wenn du unterwegs bist?«

Er nickt. »Es ist schön, wenn wir uns sehen, aber das ist auch alles. Wir wollen beide nicht auf unseren Lebensstil verzichten. Besser gesagt, wir können nicht darauf verzichten.« Er betont das Wort können.

Ich finde das traurig, halte mich aber zurück. Er sieht mich an. »Ich habe zwei Jahre lang in Usedom gewohnt, bin hin- und her gependelt. Sie hat es eine Weile in Berlin probiert. Wir haben nur gestritten.«

»Aber sie ist definitiv mehr als ein Gspusi.« Ich nehme seine Zigarette, ziehe daran und fange an zu husten.

»Oje.« Er klopft mir auf den Rücken und steckt sich die Zigarette wieder in den Mund. »Sie ist meine Traumfrau, aber das Theater ist meine größte Liebe.« Er nimmt einen letzten Zug, drückt sie aus und wickelt den Stummel in ein Papier. »Komm, du holst dir noch den Tod. Lass uns reingehen und ein bisschen schlafen. Wir brauchen Energie für unsere Probe später.«

Ich lege mich auf die Couch, starre erneut das Foto an. Ich will diese Art von Kommunikation nicht mehr. Und keine leeren Versprechungen. Genug ist genug. Was ich am Telefon gesagt habe, ist die Wahrheit. Ich liebe ihn. Vielleicht ist das altmodisch, aber wie Oliver-Rufus und seine Freundin möchte ich nicht enden. In der Liebe gibt es für mich keinen Kompromiss. Schnell tippe ich auf meinem Handy und auf Nachricht senden, bevor ich es mir anders überlege.

Paul, du sagst oft Dinge, die du dann nicht tust. Das tut weh. Ich kann dieses Hin und Her nicht mehr ertragen. Auch wenn du morgen wirklich kommen würdest, was würde das an unserer Situation ändern? Du bist immer unterwegs und so bin ich es jetzt auch. Es passt einfach nicht, unsere Leben passen nicht zueinander. Bitte schreib mir nicht mehr.

68

Pfaueninsel, 10. Dezember 2022

Fünf Uhr. Ich starre auf das Handy. Aus Asgers Zimmer dringen knatternde Geräusche. Ein Zug ist nichts im Vergleich dazu. Ich erhebe mich von der Couch, tapse barfuß durch das Wohnzimmer und schmeiße die Kaffeemaschine an, ein brandneues Teil mit Touch-Display. Ich stelle die Tasse darunter und drücke auf Americano. Nach ein paar Sekunden läuft die dunkelbraune Flüssigkeit fast geräuschlos in die Tasse. Dennoch laufe ich zu Asgers Zimmer und schließe die Tür. Der gute Mann braucht Schlaf, nachdem er meinetwegen so viele Kilometer hinter dem Steuer verbracht hat. Er ist einundsiebzig. Das hat er mir vor ein paar Stunden verraten. Ernst ist ein paar Jahre jünger, beide Männer waren gestern Abend in Topform.

Während ich auf meinen Muntermacher warte, lese ich wieder Maikes Zeilen. Ich mache ihr keinen Vorwurf, ich verstehe sie. Wenn sie nur wüsste, wie sehr ich mich seit ein paar Tagen darum bemühe, zu ihr zu gelangen und jetzt bin ich so nah dran. Ich fahre mir durch die Haare, denke nach. Ich gebe Berlin - Usedom in die Suchmaschine meines Handys ein. Okay, die Busfahrt dauert drei bis vier Stunden, die erste Fähre geht um neun Uhr. Ich streife mir erneut durch die Haare. Seit Tagen habe ich das Gefühl, dass ich wie ein verloren-gegangener Koffer durch die Welt irre, ohne jemals an den Besitzer zu gelangen. Grübelnd trinke ich meinen Kaffee. Er ist stark, genau das brauche ich. Ich sehe auf. Ernst steht in seinem blau gestreiften Schlafanzug und Hausschuhen in der Küche, ich habe ihn nicht kommen hören.

»Schön. So mag ich es, wenn meine Gäste sich wohlfühlen. Riecht wunderbar, dein Käffchen.«

»Ich mache dir gerne einen. Möchtest du einen Cappuccino, Flat White, Espresso, Latte Macchiato, Café Crema ...«

Ernst unterbricht. »Einen stinknormalen so wie du.« Er lacht. »Das war übrigens ein Geschenk von Maike, hat sie mir gestern zu meinem Geburtstag liefern lassen und sofort installiert. Ich wollte gar keine neue Kaffeemaschine.«

Ich erzähle Ernst von Maikes letzter Nachricht.

»Ich weiß, Maike will das nicht mehr. Aber ich muss zu ihr, so schnell es geht. Mit der ersten Fähre.«

»Die geht doch erst in dreieinhalb Stunden. Aber das ist Quatsch. Du nimmst mein Boot. Ich fahre so gut wie nie mit der Fähre, dauert mir zu lange.«

»Du gibst mir dein Boot?« Ich stelle Ernst seinen Kaffee auf den Tisch und setze mich neben ihn.

Er nickt und nippt an seinem Getränk. »Ich bringe dich natürlich. Wäre doch gelacht, wenn wir das mit dir und Maike nicht deichseln. Dauert doch sowieso viel zu lange mit euch.« Er legt seine Hand auf meinen Arm und tätschelt ihn. Ich sehe ihn dankbar an und schreibe Asger einen Abschiedszettel. Was würde ich nur ohne diese beiden wunderbaren Männer tun?

Ich drücke Ernst zum Abschied und seufze auf, als meine Beine das Festland berühren. Erster Schritt geschafft. Ich lege den Rucksack an, den er mir mitsamt Proviant mitgegeben hat, und halte beide Riemen fest, während ich mich langsam vom Ufer entferne. Wie ein Schuljunge, der zum ersten Mal alleine auf einen Ausflug geht, schaue ich zurück und winke in die Dunkelheit. »Vielen Dank für alles«, rufe ich. Aber Ernst hat schon

den Motor seines Bootes gestartet und hört mich nicht.
Ich drehe mich um und lasse mich von Google Maps zum
Zentralen Busbahnhof führen.
Dort steht eine Reihe blauer Busse. Jeden einzelnen
suche ich ab. Der letzte ist es: Usedom steht vorne in
gelber Leuchtschrift. Das Ticket habe ich noch im Boot
online gelöst. Der Busfahrer steht draußen und raucht.
Als ich einsteige, raunt er mir etwas auf Deutsch zu und
nickt freundlich. Ich nehme es als gutes Zeichen und
denke mir, dass manches auch einfach mal problemlos
klappt. Jetzt wird alles gut.

Der Bus hält, ich steige aus und wünsche dem Fahrer
einen schönen Tag, während sich die Passagiere wie
Ameisen in alle Richtungen zerstreuen. Ansonsten
herrscht kaum Betrieb auf der Straße. Ein Bus fährt ab.
Ein Kind mit einem Helm kommt mir auf dem Fahrrad
entgegen.
Ich laufe Richtung Zentrum an Schildern mit schwer
auszusprechenden Namen vorbei, an Häusern und
Bäumen, dann durch ein Tor, die Hände in die Taschen
gesteckt, den Kragen meiner Jacke hochgezogen. Der
Wind bläst stärker als in den Tagen zuvor, er ist eisig und
meine Ohren sind bereits kalt. Das nächste Mal packe ich
auf alle Fälle eine Mütze ein, schwöre ich mir.
Ziellos, aber guten Mutes, spaziere ich durch das
Städtchen, an einem Café vorbei. Als Anwalt folge ich
immer einem konkreten Plan und weiß, was ich tue, aber
in diesem Fall ist es anders. Ich habe keinen. Ich weiß nur,
dass Maike irgendwo in Usedom ist.
Bleib in der Stadt, suche nach dem Spielmobil, hat mir
Ernst eingebläut und mir versichert, dass er sich meldet,
sobald er ihren Aufenthaltsort ausfindig gemacht hat.
Aber ich muss das doch auch ohne seine Hilfe schaffen.
Mann, was bin ich nur für ein Versager. Warum ist der

SPÄTAUFBRUCH

Wind so arschkalt? Ich kann nicht klar denken. Als ob er mir die letzten Gehirnzellen wegblasen würde. Wohin soll ich? In diese oder in die andere Richtung? Ohne Adresse ergibt das keinen Sinn, verdammt nochmal! Ich stoppe, wähle Maikes Nummer, lasse es mehrmals klingeln. Doch sie geht nicht ran. Mensch, Maike. Ich bin hier bei dir und möchte dir einen Heiratsantrag machen, auf die Knie gehen mit einem Ring und allem Drumherum.

RING!

Scheiße.

Scheiße.

Scheiße.

Der Ring. Der liegt in Asgers Renault!

Ich fahre mir durch die Haare. Ich bin so ein Idiot. Ich habe weder Braut noch Ring. Das habe ich ja toll hingekriegt. Ich gehe zurück in das Café und setze mich an einen Platz in die Ecke, weit weg vom Trubel und Leute. Mit zusammengepressten Lippen sitze ich da. Der Kellner bringt mir einen doppelten Espresso, auch wenn mir ein Bier lieber wäre. Ich brauche jetzt einen klaren Kopf. Diese Reise ist von Anfang an zum Scheitern verurteilt. Vielleicht ist es ein Zeichen. Zum Aufgeben. Vielleicht soll es einfach nicht sein.

69

Anklam, 10. Dezember 2022

Karl ruckelt so komisch, hoffentlich machen die Zündkerzen nicht schlapp. Lass mich jetzt nicht hängen, wir waren doch erst in der Werkstatt.

»In diese Richtung musst du fahren«, fordert Ernst mich in seinem deutschen Akzent auf und deutet mir den Weg. Ein BMW überholt mich just in diesem Moment, als ich den Blinker setzen will. Wie gerne würde ich wie früher über die Autobahn brettern. Ich blicke kurz zu Ernst rüber. Dieser hat die Landkarte auf seinem Schoß ausgebreitet und ein Teil davon landet auf meiner Seite, berührt die Hand auf der Gangschaltung. Die Karte verstaubt schon seit Jahren im Handschuhfach, ist noch ein Überbleibsel aus meiner Reisezeit mit Maiken. Endlich findet sie wieder Einsatz. Herrliche Erinnerungen. Deutschland mochte Maiken immer besonders gern. Ihr würde dieser kleine Roadtrip unheimlich gefallen.

Ernst fährt mit dem Finger irgendeine Strecke entlang und murmelt dabei so komische Namen, die ich nicht verstehe. Ein lustiger und interessanter Vogel. Lebt tatsächlich seit Jahren abgeschieden und allein auf dieser Insel. Einen wunderschönen Ort hat Ernst sich ausgesucht.

Ich werfe einen Schulterblick nach hinten, dann nochmal kurz in den Spiegel, bevor ich die Spur wechsle.

»Fast haben wir es geschafft«, verkünde ich feierlich. »Wollen wir den jungen Leuten mal ein wenig auf die Sprünge helfen, nicht wahr, mein Freund?«

»Junge Leute. So jung sind sie nicht mehr, aber sie stellen sich ungeschickt an, das ist wahr.« Ernst lacht auf. »Aber wovon spreche ich? Mit der Liebe habe ich es selbst nicht hingekriegt.«

»Warst du nie verheiratet?«

»Meine Traumfrau wollte ähnlich wie Paul lieber in der Weltgeschichte herumreisen statt zu heiraten und sich niederzulassen. Es ist schwierig, mit so einem Menschen zusammen zu sein. Es ist, als ob man nie genug wäre.«

Ich wusste schon immer, dass ich mit Maiken das große Los gezogen hatte.

»Das tut mir leid für dich. Hoffentlich kriegen die beiden das hin. Ich würde es mir wünschen. Aber vorher erfüllen wir unsere Mission und bringen dem Jungen das, was er für sein Vorhaben benötigt. Der wird staunen!«

»So machen wir es, Asger. Und wenn alle Stricke reißen, habe ich noch die Nummer von diesem Mädchen. Nadja heißt sie. Hat mir Maike vor ihrer Abreise noch zugesteckt.« Ernst hält einen zerknitterten Zettel in der Hand. Dieser komische Vogel.

»Du bist wirklich der Einzige, der sich noch Notizen per Hand aufschreibt.« Ernst sieht mein Grinsen.

Dann trete ich übermütig auf das Gas und rufe:

»Maike und Paul, wir kommen. Und nicht vergessen: Wer nicht wagt, der nicht gewinnt!«

70

Usedom, 10. Dezember 2022

Die Markise des Juwelierladens ist oben, die Tür abgeschlossen. Die Idee für einen neuen Ring ist sowieso eine Schnapsidee, denn den perfekten habe ich schon gefunden. Zwei Ringe für dieselbe Braut erscheinen mir nicht richtig. Ich fahre mir mit den Fingern durchs Haar, würde mir am liebsten alle Strähnen einzeln ausreißen. Tolle Strategie, Herr Anwalt.

Ich laufe erneut durch Usedom, kenne gefühlt jeden Laden und halte vor Verzweiflung Passanten an und frage: »Kennen Sie den Campervan, das Spielmobil mit der Theatergruppe?« Die meisten zucken die Schulter oder gehen weiter, sich wundernd, was ich von ihnen will. In Berlin sprechen alle Englisch, hier nicht. Ein Mann in Asgers Alter erbarmt sich meiner und führt mich zum Kinderspielplatz. So viel zum Spielmobil. Niedergeschlagen sitze ich trotz Kälte auf der Bank und starre vor mich hin. Ich bin nicht allein. Ein Junge rutscht die Rutsche hinunter. Eine Frau steht daneben und läuft mit, die Hände nach ihm ausgestreckt. Mit Lily war ich oft zu unsäglichen Zeiten auf dem Kinderspielplatz. Wir hätten, wäre es nach ihr gegangen, bereits um fünf Uhr morgens dort sein können. Manchmal fehlt mir diese Zeit.

Als mein Handy piept, macht mein Herz einen Sprung und sofort durchströmt eine Flut von Wärme meinen Körper. Es ist keine Nachricht von Maike, sondern ein Foto von Alia und ihrem Sohn. Er liegt fest an ihrer Brust und sie lächelt mit blassem Gesicht in die Kamera. In gebrochenem Englisch schreibt sie, dass sie in eine sichere Unterkunft gebracht werden.

SPÄTAUFBRUCH

Wir können dort zwei Wochen bleiben. Das
haben wir Ihnen zu verdanken, Paul <3

Mir bleibt warm ums Herz. Alles ist gut. Vermutlich
mache ich jahrelang genau aus diesem Grund diesen Job,
denn eine kleine Mitteilung wie diese verändert alles,
rückt alles wieder ins rechte Licht. Alia kämpft für ihren
Sohn und für sich. Da will ich mich nicht beklagen, ich bin
nicht in Not. Ich bin in der Stadt, in der meine Traumfrau
ist, und ich werde sie finden. Und wenn ich ganz Usedom
auf den Kopf stellen muss. So groß ist die Stadt nicht!
Bevor mich wieder der Mut verlässt, tippe ich diese
Nachricht:

Liebe Maike. Du hast verständlicherweise
keine Lust mehr, Nachrichten hin- und her zu
schicken. Aber ich bin wirklich hier, in
Usedom. Wir haben es in all den Jahren nie gut
hingekriegt. Ich habe es nie hingekriegt. Ist es
zu spät? Ich hoffe nicht!
Können wir uns bitte sehen? Ich würde dir
überall hin nachreisen, ich hab's jetzt endlich
kapiert.
Wo bist du?
Dein Paul xoxo

Mit hoch erhobenem Kopf verlasse ich den Spielplatz.
Ich stecke die Hände in die Taschen. Der Wind nimmt
immer mehr an Stärke zu. Zurück im Zentrum finde ich
die Touristeninformation und einen Stadtplan. Ein Aldi
ist eingezeichnet, wieder diese komischen deutschen
Namen, die ich erst gar nicht auszusprechen versuche,
und eine Grundschule. Moment mal, das Wort kenne ich
doch. Ich schlage kurz im Wörterbuch nach. Das habe ich
vorher schon einmal gesehen. Ich überlege kurz, dann
fällt es mir ein. Ich hole den Flyer aus dem Rucksack, den

mir Ernst noch vor meiner Abfahrt zugesteckt hat. Darauf hätte ich schon eher kommen können. Irgendwie hatte ich das gar nicht mehr auf dem Schirm, aber die Grundschule ist ein Anhaltspunkt. Schließlich findet dort die Premiere statt. Wenn ich Glück habe, sind sie dort. Auch weil ich keine weiteren Ideen habe, wo Maike sich mit den Theaterleuten während ihrer Proben sonst aufhalten könnte.

Heute rennen keine Kinder über den Schulhof. Es ist Samstag und Totenstille auf dem Platz. Das blau-gelbe Gebäude mit dem flachen Dach erinnert mich an meinen Kindergarten. Lange ist es her. Ich gehe an zwei Schaukeln an dem Sandkasten vorbei und betrete die Schule. Die Tür steht offen, ein gutes Zeichen. Wie ein Detektiv inspiziere ich den Ort auf der Suche nach Spuren, nach Hinweisen. Wo würde eine Theatergruppe proben? Ich halte inne. In dem größten Saal, den es gibt. Die Turnhalle. Wenn ich mich richtig entsinne, sind Turnhallen entweder außerhalb des Gebäudes oder im Keller. Wie es ein guter Detektiv machen würde, folge ich meinem Instinkt und laufe die Treppe hinunter. Ich stoppe. Ich höre Stimmen. Mein Herz klopft wie vorher auf dem Spielplatz. Lauter. Schneller. Erneut steigt Hitze in mir auf. Als ich die Klinke nach unten drücke, öffnet sie sich schwer, aber ich drücke fest dagegen. Tatsächlich liege ich richtig: Ich sehe die Turnhalle und vor mir mehrere Personen. Drei sitzen im Schneidersitz auf dem Boden, die anderen unterhalten sich in Grüppchen. Abseits davon steht ein schlaksiger Mann mit zerzausten Haaren neben einer blonden Frau und gestikuliert wild um sich. Er zeigt ihr etwas. Ich erkenne sie, es ist die Frau aus der Zeitung. Mein Blick schweift nach links, rechts, hinten, vorne, aber wo ist Maike?

»Entschuldigen Sie, kann ich Ihnen helfen?« Der dünne

Mann entdeckt mich, sieht mich mit hochgezogenen Augenbrauen an.

»Tut mir leid, dass ich störe, aber ich suche nach Maike. Ist sie hier?« Frage ich auf Englisch.

Der Mann sagt etwas zu der Blondine. Dann schreitet sie in meine Richtung und lächelt mich freundlich an, ihr Blick verrät Neugier.

»Ich bin Nadja. Ich bring dich zu ihr.« Sie spricht perfektes Englisch.

Als wir draußen sind, fragt sie mich nach meinem Namen. Ich erzähle ihr, wer ich bin.

»Paul? Der Paul?« Sie hakt sich bei mir unter und sagt fröhlich: »Die Maike wird Augen machen.«

Ich mag Nadja sofort. Ihre sympathische, natürliche Art macht es unmöglich, sie nicht zu mögen. Ihre Augen leuchten beim Sprechen und ihr Lachen steckt an. Zum ersten Mal an diesem Tag atme ich auf mit dem Gefühl, etwas richtig gemacht zu haben. Meine Anspannung lässt nach.

Auf der anderen Seite der Schule steht das Spielmobil, nach dem ich vergeblich gefragt habe. Es sieht genau wie auf dem Flyer aus. Nadja öffnet die Tür, geht kurz hinein und kommt kopfschüttelnd wieder heraus.

»Die ist wohl schon in der Sonnenblume, sie wollte für uns alle Kaffee besorgen.«

Ich atme auf. Sie scheint zum Glück nicht weit weg zu sein. Wo immer auch diese Sonnenblume ist.

Sie scheint meine Gedanken zu lesen, tätschelt meine Schulter, wie eine Tante es bei ihrem Neffen machen würde: »Das ist gleich da vorne. Zwei Minütchen.« Sie hakt sich wieder bei mir unter und wie langjährige Freunde schlendern wir in das Café auf der gegen-überliegenden Straßenseite. Anders als in dem, in dem ich vorher war, ist hier der Bär los und erinnert an einen Kindergeburtstag. Zwei Mädchen hüpfen am Eingang herum, spielen Fangen und stoßen beinahe das Tablett der Kellnerin um, die sich mit genervtem Blick an ihnen vorbeischlängelt. Ein Mix aus Stühlen, Sesseln, Sofas und Barhockern tut sich vor meinen Augen auf. Die Tische sind so eng nebeneinander platziert, sie nehmen mir fast den Atem und die Orientierung. Das viele Grün neben der Theke erschwert die Sicht, aber da, ich entdecke sie gleich. Ich würde ihr hübsches Gesicht auch mitten im Amazonas erkennen. Maike sitzt auf einem der Barhocker am Fenster mit dem Gesicht zu uns gewandt. Neben ihr ein hoher Tisch, auf dem ein recycelter Getränkehalter mit drei Bechern steht. Mein Herz schlägt schneller.

Als Nadja die Erleichterung in meinem Gesicht sieht, verabschiedet sie sich mit einem »Viel Glück« und verlässt das Café.

Für einen Augenblick rühre ich mich nicht vom Fleck, koste diese Art Vorsprung aus, den ich habe, denn Maike sieht mich noch immer nicht. In all den Jahren, in denen wir uns nicht sahen, habe ich ihr vertrautes Gesicht und ihre Stimme vermisst. Ein bisschen tiefer als die der meisten Frauen, aber so unverkennbar Maike. Ihr Gesicht wirkt nachdenklich, ja nahezu melancholisch. Dann schaut sie auf, sieht in meine Richtung, als ob sie meinen Blick gespürt hätte. Unsere Augen treffen sich. Ich lächele. Zuerst zaghaft, aber sie lächelt zurück. Mein Herz hämmert so stark, dass es wehtut. Ich gehe zu ihr, nehme die Umgebung nicht mehr wahr, sehe nur sie. Dann stehe ich vor ihr und ich sehe die Müdigkeit in ihrem Gesicht. Am liebsten würde ich sie berühren, ihr über die Wange streicheln und versichern, dass alles gut wird.

»Es tut so gut, dich zu sehen«, sage ich. »Du weißt gar nicht wie sehr.«

216

71

Usedom, 10. Dezember 2022

Gerade noch habe ich Pauls Nachricht auf dem Handy gelesen und jetzt steht er direkt vor mir. Live. Unglaublich. Ich bin auf einmal so was von wach, als wenn ich fünf Espressi intus hätte. Ich stehe auf und sehe in seine bezaubernden Augen. Was hat er nochmal zu mir gesagt? Ich schlucke, kriege kein Wort heraus und nicke ferngesteuert mit dem Kopf. Nervös spiele ich mit meinem Armband herum. Da ist wieder sein umwerfendes Lächeln und ich kann nicht anders, ich lächle zurück. Ich muss endlich etwas sagen. Aber mein Mund ist so trocken und der Kopf so voll und leer zur gleichen Zeit.

Paul kommt ein Stückchen näher und drückt mich fest an sich, fährt mit der Hand zärtlich durch meine Haare. Dann streichelt er meine Wangen, seine Hände sind sanft. Eine Weile stehen wir eng umschlungen da. Ich atme seinen Duft ein, eine Mischung aus Zitrusnote und Körpergeruch und fühle mich unendlich geborgen in seinen Armen. Am liebsten würde ich so stehenbleiben. Dennoch packt mich die Neugier und ich befreie mich zaghaft aus der Umarmung, mache einen Schritt zurück.

»Was genau machst du hier?«

»Dich suchen und ich habe dich gefunden.« Paul grinst. »Ich musste dich sehen. Vor allem nach deiner letzten Nachricht. Maike, ich will mit dir zusammen sein.«

»Ich habe deine Nachricht gelesen.« Pauls Handy klingelt. Wer könnte das sein? »Willst du nicht rangehen?« Ich sehe ihn mit fragendem Blick an, aber er schüttelt den Kopf.

»Ich will mit dir zusammen sein«, wiederholt Paul.

Was genau meint er damit?

Dann klingelt mein Handy. Das ist jetzt echt nicht der richtige Moment. Ich ignoriere das Läuten.

»Das will ich auch. Aber es ist so schwer mit dir.« Ich seufze, gleichzeitig rücke ich näher an ihn heran. Es ist wie verhext, ich kann nicht anders. Er zieht mich wieder eng zu sich heran und küsst mich wie nie zuvor. Ich erwidere seine Küsse mit allem, was ich gefühlt zu geben habe. Ich spüre jede Faser meines Körpers; es ist ein einziges Feuerwerk. Unsere Küsse werden leidenschaftlicher und uns beiden ist es vollkommen schnuppe, dass wir nicht alleine sind. Dann höre ich Stimmen hinter mir.

»Wir sind zu spät.«

»Ich habe doch gesagt, dass wir die beiden früher auf dem Handy anrufen müssen!«

Ich ignoriere sie, aber die eine Stimme kommt mir bekannt vor. Ich stoppe, Paul ebenfalls. Er dreht sich um.

»Onkel Ernst!«, rufe ich überrascht.

»Asger?«, fragt Paul. »Was machst du hier?« Der Mann sagt etwas zu Paul, das ich nicht genau verstehe, und reicht ihm eine braune Tüte. »Du bist wahnsinnig«, ruft Paul, greift nach der Tüte und schließt den alten Mann in seine Arme. Ich blicke beide verwundert an. Wer ist dieser Mann und was ist da drin? Paul holt eine Schatulle heraus, öffnet sie und hält einen Ring in der Hand. Er kniet vor mir nieder, hält den Ring nach oben zu mir gestreckt. Was macht er denn? Ist er verrückt? Ich starre ihn an.

»Maike, mein Berliner Mädchen, möchtest du mich heiraten?«

Ich lege meine Hand auf den Mund, vergesse fast zu atmen. Ich gucke zu Ernst und dann zu dem Fremden, die uns mit gebanntem Blick beobachten. Es ist kein Scherz, Paul meint es ernst!

»Du meinst das ernst.«

»Natürlich, so wie ich es gesagt habe. Möchtest du meine Frau werden?« Pauls Stimme ist brüchig, sein Blick zärtlich und lieb. Halt. Halt. Halt. Das geht mir alles zu schnell. Gestern habe ich den Kontakt zu ihm abgebrochen und jetzt steht er vor mir. Heiraten gut und schön, aber was ändert das? Neugierig betrachte ich den Ring. Der Stein ist wunderschön. Wenn er mir diesen Antrag macht, meint er es doch ernst, oder nicht? Das bedeutet doch, dass er mit mir zusammen sein, das Leben mit mir teilen möchte. Nicht so wie vorher. Ich bin durcheinander. Was soll ich tun?

Paul hält den Ring immer noch zu mir nach oben. Ich berühre seine Hand und den Ring. Vorsichtig steckt er ihn mir an und ich warte darauf, dass er jeden Moment festsitzt, nicht weiterrutscht. Aber nein. Er passt. Perfekt. Das ist ein gutes Zeichen, nicht wahr? Ich kann nicht mehr zögern. Mein Herz sagt sowieso längst Ja! Ich werfe mich in seine Arme, küsse ihn stürmisch und rufe: »Ja, ich will, natürlich will ich.«

Ich lache und wir fallen uns erneut in die Arme. Ernst und sein Begleiter jubeln wie Fans in einem Fußball-stadion.

»Siehst du, wir waren nicht zu spät«, höre ich Ernst sagen und ich muss grinsen, denn sie klingen wie ein altes Ehepaar. Vielleicht werden Paul und ich in ein paar Jahren so sein. Paul und ich. Wir heiraten. Erneut betrachte ich meinen Verlobungsring. Er könnte nicht perfekter sein. Wie Paul.

Der Barista hinter der Theke macht eine laute Ansage und lädt alle Anwesenden aufgrund unserer Verlobung zu einem Drink ein. Paul guckt mich ratlos an, ich übersetze. Die Leute rufen uns Glückwünsche zu. Es ist wie im Traum. Ich lache, meine Wangen glühen und ich könnte vor Freude durch den Saal tanzen. Paul nimmt mich erneut in den Arm und küsst mich. Ein paar Leute klatschen. Er drückt mich fest an sich und murmelt mir ins Ohr. »Das hätte ich schon viel früher tun sollen. Danke, dass du es mit mir Idiot so lange ausgehalten hast. Ich bin echt froh, dass es dich gibt.«

72

Pfaueninsel, 9. Dezember 2023

Heute bin ich einundfünfzig geworden und es ist nur eine Zahl. In den kommenden Jahren werden es noch ein paar mehr sein. Was soll's? Ich hole meinen Schokokuchen aus dem Ofen und suche die Teller im Schrank. Ernsts Küche ist, wie man sich die eines Junggesellen vorstellt. Alles ist durcheinander. Aber er mag es so. Die Kaffeemaschine, die ich ihm voriges Jahr zum Geburtstag geschenkt habe, steht noch am selben Platz. Inzwischen findet Ernst sie gar nicht mehr so schlecht. Ich schmunzele. Gemeinsam mit Paul und Asger ist er draußen und erklärt ihnen jedes Detail der Pflanzen- und Tierwelt. Die beiden kommen im Winter gut weg, denn dann gibt es nicht viel zu erklären. Aber im Sommer, wenn ich mit ihm einen Spaziergang mache, komme ich nicht drumherum und er zeigt mir jeden Winkel der Insel. Aber genau das liebe ich so an meinem Onkel.

Asger ist zwischenzeitlich ein guter Freund von ihm geworden und so unterschiedlich die beiden sind, sie ergänzen sich prima. Ernst hat Asger sogar schon ein paar Mal in Kopenhagen besucht. Mein Onkel in einer Stadt! Als Paul mir das erzählte, schüttelte ich nur vor Staunen meinen Kopf.

Paul. Wenn ich an ihn denke, wird mir warm ums Herz. Wenn ich an den Morgen vor einem Jahr denke, fühle ich mich noch glücklicher, als ich es ohnehin schon bin. Paul und ich leben jetzt in einem alten Häuschen außerhalb von Wrightfield, direkt am Meer. Wir renovieren es oder besser gesagt: Ich bringe es dem lieben Anwalt mit zwei linken Händen bei, wie Ernst es einst mir beigebracht hat. Unser Wohnort liegt in einer friedlichen Gegend und zu meiner Überraschung war es Pauls Vorschlag, hierherzuziehen. Ich wäre auch nach London gegangen.

Paul scheint endlich angekommen zu sein. Natürlich hat er noch seine Kanzlei in London, doch er fährt nur dreimal pro Woche dorthin, den Rest erledigt er im Home-Office. Wenn ich mit den Theaterleuten unterwegs bin, arbeitet er sicherlich mehr, auch wenn er es nicht zugibt. So ganz ändern sich Menschen nicht, aber das ist auch gut so. Mit mir hält er sich an unsere Abmachung und Paul scheint dieses andere Leben zu genießen und das freut mich. Ich hatte Angst, dass er sich etwas vorlügen würde. Er wirkt jedoch ausgeglichener, rennt nicht mehr hektisch hin und her und findet Gefallen daran, spazieren zu gehen, zu kochen oder ein Beet im Garten anzulegen, wenn er nicht gerade unsere frischen Setzlinge für Unkraut hält und fälschlicherweise herausreißt.

Momentan überlegen wir uns gerade, einen Hund anzuschaffen, denn Henry fehlt mir. Manchmal besuche ich Mrs Robinson, halte ein Schwätzchen mit ihr und gehe mit dem Hund Gassi oder nehme ihn für ein paar Tage zu uns. Ein Haus braucht Tiere. Und Kinder, finde ich.

Apropos Kinder: Marie ist vor drei Monaten gestorben. Wenn ich an das tapfere Mädchen denke, formt sich sofort ein Kloß in meinem Hals. Die Beerdigung war traurig. Trotzdem herrschte eine tiefe Ruhe am Friedhof und der Gedanke, dass sie die letzten Tage wie ein gesundes Kind zu Hause verbringen durfte, versöhnt mich ein wenig. Statt schwarzer Kleidung trug ich mein Clown-Kostüm. Das wollte Marie so. Mit Tränen im Gesicht, die meine waren, erwies ich ihr die letzte Ehre und warf statt Blumen kleine Äpfel ins Grab. George stand mit seiner neuen Freundin neben mir und hielt als echter Kumpel meine Hand.

Lily besucht uns regelmäßig und hat bei ihrem Vater und mir ein eigenes Zimmer. Ich bin keine Mutter für sie - das weiß ich, aber ich hoffe, dass sie in Zukunft zu mir kommt, wenn es irgendwo brennt und sie das Gefühl hat, die Eltern sind dafür nicht die richtigen Ansprechpartner. Nach wie vor ist es schade, dass ich nie eigene Kinder haben werde, aber ich freue mich über all die Dinge, die ich habe, anstatt das zu betrauern, was mir fehlt.

Ich summe zur Musik im Radio und decke den Tisch. Nadja ist nicht hier, weil sie mit ihrem Sohn den Urlaub verbringt. Auch für diese Freundschaft bin ich dankbar. Im Frühling geht es wieder los mit dem Spielmobil und ich kann es kaum erwarten. Bald sehe ich sie auf Andrews Hochzeit. Eigentlich hätte er gerne eine Doppelhochzeit mit uns gehabt, aber wir hatten es dann doch eilig. Immerhin sind wir ein Stück älter als er und die Zeit rennt uns weg. Aber es stresst mich nicht mehr so wie früher. Kein Wunder. Mein Leben ist gut, so wie es ist. Als ich die Stimmen im Radio höre, drehe ich lauter:

»Was für eine Eiseskälte haben wir heute. Moin, Alex.«
»Moin, Kollege. Alles klar bei euch da draußen? Wir hoffen, ihr seid warm angezogen und habt ein bisschen Zeit mitgebracht. Denn wir wollen es uns gemütlich im Studio machen bei den Minusgraden, die wir momentan haben.«
»Absolut. Wir haben einen Brief von einer Zuhörerin bekommen. Sie hat heute Geburtstag und wir wünschen Maike aus Berlin alles Gute. Ihr Brief hat uns erwärmt und was soll ich sagen, ich lese ihn einfach vor.«

Lieber Lukas, lieber Alex,
erinnert ihr euch, wie ihr über das Alter gesprochen

habt? Dass man ab fünfzig das Leben mehr oder wenig so akzeptieren muss, weil es weniger Chancen auf Veränderungen gibt. Also, ich habe noch einmal die Kurve gekratzt und mein Leben so verändert, dass ich glücklicher bin. Ich habe meine große Liebe geheiratet und meinen Traumberuf realisiert. Was soll ich sagen? Vielen Dank. Ohne euch wäre das vielleicht nie alles so gekommen! Mein Aufruf an alle da draußen: Bewegt euch, macht was, bevor ihr es alterstechnisch wirklich nicht mehr auf die Reihe kriegt. Denn Lukas hat recht: Irgendwann ist es zu spät. Wobei ihr das mit der Zahl fünfzig nicht so genau nehmen solltet. Hauptsache, ihr tut etwas, wenn ihr nicht glücklich seid!

»Was soll man da noch hinzufügen, liebe Maike. Wir freuen uns für dich und geben deine Botschaft gerne an alle weiter. Leute, ihr habt es von Maike gehört. Tut was. Werdet aktiv. Dann dreht sich noch einmal was in eurem Leben, und bis es soweit ist, spielen wir euch was von Neil Young. Was soll ich sagen, was er nicht viel besser in einem seiner größten Hits ausdrückt: *Heart of Gold.* Lasst uns nach dem Herz aus Gold suchen, auch wenn wir uns oft alt fühlen ... «

The End

Danksagung

Ohne Mirjam, mein Coach und Lektorin, hätte ich diese Geschichte nie veröffentlicht. Sie hat mich dazu ermutigt und mir geholfen, Struktur und einen roten Faden in diese Geschichte zu bekommen. Vielen Dank, Mirjam. Du bist super!
Danke auch an meine lieben Autorenkolleginnen. Danke an Mello, deren Lob zur richtigen Zeit total aufbauend war. Danke an Heike, die ein fantastisches Gespür für Figuren hat und dankä an Edith, deren Liebe zum Detail einfach unschlagbar ist. Ohne dich, Edith, stünde immer noch Infektionsmittel im Text und noch viele andere saudumme Fehler! Ihr seid die Besten. Vielen Dank für eure Geduld.

Einen Roman zu schreiben ist eine Sache, aber ihm auch einen passendes Layout und Cover zu verabreichen, eine andere: Mein Dank geht an Thaís, die fantastische Künstlerin, die mein Cover gezaubert hat, und an Anelise, die den Roman so formatiert hat, dass es auch hoffentlich Spaß macht, ihn zu lesen. Muitíssimo obrigada an die beiden Brasilianerinnen! Ihr seid toll :).

Ich möchte mich auch ganz herzlich bei meinem 'Assistenten' bedanken, der mir bei allem Technischen geholfen hat und mir nie direkt ins Gesicht gesagt hat, was für eine technische Null ich bin. Als Engländer ist er sehr höflich. Die Augustiner habe ich dir ja schon versprochen, Ben ;).

Gern möchte ich auch meinem Bruder Alex etwas sagen: Merci, dass du mir immer Bücher zum Geburtstag oder an Weihnachten geschenkt hast. Von dir habe ich meinen ersten Böll und Carson McCullers gekriegt und wer weiß, vielleicht ohne dich nie die Liebe zur Literatur entdeckt. Danke, großer Bruder.

Danke auch, Claudi. Von dir habe ich immer wieder ein Büchlein aus dem Regal stibitzt, gelesen und erstmal nicht so viel verstanden.

Ohne meine Geschwister wäre das Lesen heute vielleicht nicht so wichtig für mich. Danke.

Auch danke an meine beiden Iren, die mich auf diesem Weg begleitet haben. Ihr nehmt mein Hobby ernst, cheers Johnny und Hannah. Bussi.

Und vielen vielen Dank an alle, die Lust haben und hatten, diese Geschichte zu lesen. Ich freue mich über jede Rezension auf den verschieden Plattformen und jedes Feedback direkt an mich.

elarecht@yahoo.de

https://www.instagram.com/danielarecht_leiseworte/